Quellenverzeichnis

Pastor Hopkins. Engl. »The Parson of Jackman's Gulch«, Erstveröffentlichung unter dem Titel »Elias B. Hopkins – The Parson of Jackman's Gulch« in *London Society*, Dezember 1885, mit einer Illustration von D. H. Friston.

Wie Braxton die Buschklepper fing. Engl. »The Gully of Bluemansdyke«, Untertitel: »A True Colonial Story«, Erstveröffentlichung ohne Nennung des Autors in *London Society*, Dezember 1881, dann in *Mysteries and Adventures*, Walter Scott Publishing 1889, mit einer Illustration von D. H. Friston.

Mein Freund, der Mörder. Engl. »My Friend the Murderer«, Erstveröffentlichung in *London Society*, Dezember 1882, mit einer Illustration von D. H. Friston.

Auch ein Kornhandel. Engl. »A Night Among the Nihilists«, Erstveröffentlichung ohne Nennung des Autors in *London Society*, April 1881.

Das geheimnisvolle Kästchen. Engl. »That Little Square Box«, Erstveröffentlichung in *London Society*, Dezember 1881, mit einer Illustration von D. H. Friston.

Arthur Conan Doyle
Mein Freund, der Mörder

Arthur Conan Doyle

Mein Freund, der Mörder

Klassische Kriminalgeschichten

Aus dem Englischen
von Adolf Gleiner

Anaconda

Diese Sammlung erschien zuerst ohne Jahr (ca. 1910) unter dem Titel *Mein Freund der Mörder und andere Geschichten* im Verlag Robert Lutz, Stuttgart. Alle Texte wurden überarbeitet und den Regeln der neuen deutschen Rechtschreibung angepasst; vom Übersetzer zuweilen vorgenommene, kleinere Kürzungen wurden nicht ergänzt.

Penguin Random House Verlagsgruppe FSC® N001967

Die Deutsche Nationalbibliothek verzeichnet diese Publikation in der Deutschen Nationalbibliografie; detaillierte bibliografische Daten sind im Internet unter http://dnb.d-nb.de abrufbar.

© 2024 by Anaconda Verlag, einem Unternehmen der Penguin Random House Verlagsgruppe GmbH, Neumarkter Straße 28, 81673 München Alle Rechte vorbehalten.
Umschlagmotiv: Discovery of a victim of Jack the Ripper, Whitechapel, 1891, Privatsammlung, Bildnachweis: Stefano Bianchetti / Bridgeman Images Umschlaggestaltung: www.katjaholst.de Satz und Layout: Uhl + Massopust, Aalen Druck und Bindung: GGP Media GmbH, Pößneck Printed in Germany ISBN 978-3-7306-1362-7 www.anacondaverlag.de

Inhalt

Pastor Hopkins

Er war im Lager als Pastor Elias B. Hopkins bekannt, aber man wusste allgemein, dass dies nur ein Ehrentitel war, den er seinen vielen hervorragenden Eigenschaften verdankte, und dass er auf ihn keinen Anspruch erheben konnte, den er auf eine amtliche Ordination hätte stützen können. Doch um ihm Gerechtigkeit widerfahren zu lassen: Er behauptete auch niemals, dass er für sein Amt irgendwelche Studien absolviert oder eine kirchliche Berechtigung erhalten habe. Wir arbeiten alle im Claim des Herrn, bemerkte er eines Tages, und es ist vollständig wurst, ob wir in diesem Geschäft von anderen angestellt sind oder auf eigenes Risiko graben – ein derbes Gleichnis, das sich den Sitten in Jackman's Gulch sehr geschickt anpasste. Das ist ganz sicher, dass schon während der ersten paar Monate seiner

Anwesenheit der exzessive Einsatz harter Getränke und noch härterer Sprüche, die für das kleine Goldgräberlager charakteristisch geworden waren, ganz bedeutend nachließen. Unter seiner Obhut fingen die Leute an zu verstehen, dass ihre Muttersprache gar nicht so begrenzt war, als sie bisher vermutet hatten, und dass sich Eindrücke mit großer Genauigkeit in Worte fassen ließen, ohne das Gesagte mit grellen Flüchen ausschmücken zu müssen.

Sicherlich hatten wir in Jackman's Gulch am Anfang des Jahres '53 neuen Schwung nötig. Es waren damals in der ganzen Kolonie flaue Zeiten, aber nirgends waren die Verhältnisse flauer als hier. Unser materieller Wohlstand hatte einen schlechten Einfluss auf unsere moralische Verfassung gehabt. Das Lager war klein und lag wenigstens hundertzwanzig Meilen nördlich von Ballarat an einem Ort, wo sich ein Wildbach auf seinem Weg zur Einmündung in den Arrowsmith-Fluss durch eine raue Bergschlucht zwängt. Es lässt sich nicht mehr nachweisen, wer der Jackman gewesen ist, nach dem das Lager seinen Namen hatte, aber um die Zeit, in der unsere Geschichte spielt, umfasste es an die hundert Erwachsene, unter denen sich nicht wenige diesen Zufluchtsort ausgewählt hatten, nachdem ihnen der Boden in anderen, zivilisierteren Minendistrikten zu heiß geworden war. Es war eine rohe Bande Gauner, nur mühsam im Zaum gehalten von den wenigen anständigen Elementen, die unter sie geraten waren.

Die Verbindung von Jackman's Gulch mit der Außenwelt war unsicher und schwierig. Ein Teil des Busches zwischen Jackman's Gulch und Ballarat war in der Gewalt eines gefürchteten Banditen namens Conky Jim, der mit einer kleinen, ebenso hoffnungslosen Rotte das Gebiet unsicher machte. Daher bewahrte man im Lager den Goldstaub aus den Minen in einem eigens hierfür bestimmten Raum auf, in dem jeder einen zu diesem Zweck mit seinem Namen bezeichneten Beutel besaß. Ein zuverlässiger Mann, Woburn mit Namen, wurde auserwählt, diese primitive Bank zu bewachen. Wenn sich genügend angesammelt hatte, wurde ein Wagen gemietet und der gesamte Schatz nach Ballarat geführt unter dem Schutz einer Abteilung Polizei und einer Anzahl von Goldgräbern, die abwechselnd dieses Amt übernahmen. Von

Ballarat aus wurde das Gold in einem der regelmäßigen Goldwaggons nach Melbourne befördert. Infolge dieser Maßregel blieb das Gold oft monatelang im Lager, bevor es verschickt wurde, aber Conky Jim war schachmatt gesetzt, da der Geleitschutz für ihn und seine Rotte zu stark war. Um die Zeit, von der ich berichte, hatte er offenbar die Lust an seinem Treiben verloren, und man konnte die Straße nach Ballarat selbst in kleineren Abteilungen ohne Gefahr benutzen.

Den Tag über herrschte in Jackman's Gulch verhältnismäßige Ordnung, da die Mehrheit der Bewohner mit Brecheisen und Spitzhacke in den Quarzlagern beschäftigt war oder am Ufer des Bachs Gold wusch. Wenn indes die Sonne unterging, entleerten sich nach und nach die Claims, und ihre ungekämmten Besitzer kamen lehmbespritzt und zerzaust ins Lager geschlendert, bereit für Unfug jeglicher Art. Zuerst suchten sie Woburns Golddepot auf, wo das Ergebnis ihres Tagwerks ordentlich verwahrt wurde, wobei der Verwalter die Menge in sein Buch eintrug und ein jeder Goldgräber immer noch so viel zurückbehielt, um die Ausgaben für den Abend bestreiten zu können. Danach aber ließ man jegliche Zurückhaltung fahren, und jeder machte sich daran, seinen Rest Goldstaub so schnell wie möglich loszuwerden. Die beste Gelegenheit hierzu bot die primitive Bar mit dem hochtrabenden Namen »Britannia Trinksaloon«, die aus einigen Fässern mit Brettern darauf bestand. Hier schenkte Nat Adams, der dicke Wirt, schlechten Whisky aus, das Glas zu zwei Shilling, die Flasche zu einer Guinee, während sein Bruder Ben in einem rohen Holzschuppen dahinter, der in eine Spielhölle verwandelt worden und jede Nacht gedrängt voll war, als Croupier fungierte. Die beiden hatten noch einen Bruder gehabt, aber eine dumme Misshelligkeit mit einem Gast hatte sein Leben verkürzt. »Er war zu sanft veranlagt, um lange leben zu können«, bemerkte sein Bruder Nathaniel gefühlvoll anlässlich seiner Beisetzung. »Wie oft habe ich ihm gesagt: Wenn ein Fremder mit dir über den Preis reden will, musst du immer erst den Hahn spannen, dann verhandeln und schießen, sobald du erkennst, dass er selbst gleich abdrückt.«

Bill war aber zu unerfahren. Er wollte verhandeln und dann erst zielen, wo er doch ebenso gut erst den anderen aufs Korn hätte nehmen können, bevor er mit ihm redete! Diese liebenswerte Schwäche des verblichenen Bill war ein Schlag für die Firma der Gebrüder Adams, die übrigens schon vor den Tagen der Goldfunde hier bestanden hatte; Nat Adams konnte sich denn auch mit Fug und Recht als den ältesten Einwohner von Jackman's Gulch bezeichnen.

Diese Schankwirte waren in jenen Zeiten eine eigene Menschenklasse, und es mag interessieren, wie es ihnen gelang, beträchtliche Vermögen zu erwerben in einem Land, das nur selten bereist wurde und die Bewohner sehr weit verstreut lebten. Es war nämlich Brauch, dass die »Buschleute«, das heißt all die Existenzen, die bei den großen Herden meist als Hirten beschäftigt waren, einen Revers unterzeichneten, wonach sie sich für ein, zwei oder drei Jahre für soundso viel Geld jährlich und eine tägliche Ration Nahrung verpflichteten. Nie war Alkohol darin inbegriffen, weshalb die Leute die ganze Zeit über zur völligen Abstinenz gezwungen waren. Erhielten diese Hirten nun am Ende der Zeit, für die sie sich verpflichtet hatten, ihren Lohn, so wurden sie vom nächsten Wirt einer derartigen Schänke mit Beschlag belegt, oft durch allerlei List und Tücken in ihre Bude gelotst, betrunken gemacht und durch fortwährende Alkoholzufuhr so lange in diesem Zustand belassen, bis das Geld der armen Burschen vertrunken war. Eines Morgens rüttelte dann der Wirt den Hirten auf: Dein Geld ist aus; wird Zeit, neues zu verdienen. So steckt denn Jimmy oder wie der Mann gerade heißt seinen Kopf in einen Kübel mit kaltem Wasser, um etwas nüchtern zu werden, packt Decke und Feldkessel auf den Rücken und reitet in den Busch zur Schafherde, wo er ein weiteres entbehrungsreiches Jahr dient, um sich danach wieder einen Monat lang zu betrinken.

Auf diese Weise hatte also Adams Geld verdient, bevor unsere idyllische Siedlung entstand. Es kam selten vor, dass diese Zuwachs bekam; der, den wir um die Zeit erhielten, in der unsere Geschichte spielt, war noch um ein gut Stück roher und wilder als die ursprünglichen Bewohner. Es kam nämlich eines Tags ein edles Paar Spitzbuben namens Phillips und Maule des Weges geritten, das einen Claim auf der anderen Seite des Wildbachs in Arbeit nahm. An Heftigkeit und Geübtheit im Fluchen, an Rohheit in

Rede und Betragen und an Missachtung sämtlicher Gesetze übertrafen die beiden alles bisher im Lager Bekannte. Sie behaupteten, von Bendigo zu kommen, und nicht wenige unter uns bedauerten, dass Conky Jim nicht mehr die Straße besetzt hielt, um uns wenigstens Gäste wie diese beiden vom Leib zu halten. Nach ihrer Ankunft wurde das nächtliche Geschehen in der Britanniabar und der Spielhölle dahinter ausschweifender denn je. Heftige Händel, die nur zu oft blutig endeten, waren an der Tagesordnung. Die friedfertigeren Gäste der Bar sprachen schon ernstlich davon, die zwei Fremden zu lynchen, die an all der Unordnung die Hauptschuld trugen. So standen die Dinge, als unser Evangelist Elias B. Hopkins ins Lager gehinkt kam, müde von der Reise, mit zerrissenem Schuhwerk: er trug seinen Spaten quer über dem Rücken, und aus seiner Rocktasche sah die Bibel hervor.

Seine Anwesenheit wurde zunächst kaum bemerkt, so unscheinbar war der Mann. Sein Benehmen war ruhig und friedfertig; er hatte ein bleiches Gesicht und eine gebrechliche Gestalt. Wenn man ihn näher kannte, bemerkte man indes einen festen Zug um seinen glattrasierten

Unterkiefer und eine Klugheit in seinen großen blauen Augen, die ihn als einen Mann von Charakter auswiesen. Er baute sich eine kleine Hütte und nahm einen Claim in Arbeit nahe dem der zwei Fremden, die vor ihm gekommen waren. Diesen Claim wählte er sich mit abstruser Unkenntnis sämtlicher Regeln im Goldgraben, die sofort erkennen ließ, dass er in diesem Handwerk ein Neuling war. Es war erbarmungswürdig, ihn zu beobachten, wie er jeden Morgen, wenn wir zur Arbeit gingen, schon mit der größten Ausdauer grub und suchte, aber, wie wir alle wussten, ohne die mindeste Aussicht auf Erfolg. Wenn wir vorbeikamen, hörte er für einen Augenblick auf, trocknete sein blasses Gesicht mit einem baumwollenen Taschentuch ab und rief uns einen kameradschaftlichen Morgengruß zu, um dann sofort mit doppeltem Eifer zu seiner Arbeit zurückzukehren. Bald aber begannen wir ihn halb mitleidig, halb verächtlich zu befragen, was er eigentlich hier finden wolle. »Ich hab's noch nicht erreicht, Jungs«, antwortete er dann heiter, auf seinen Spaten gestützt, »aber die Ader liegt hier herum in der Tiefe, und ich weiß, dass der Herr meinen Spaten führen wird, auf dass ich noch heute auf sie treffe.« Tag für Tag gab er mit unerschütterlicher Heiterkeit und felsenfestem Vertrauen dieselbe Antwort.

Bald darauf begann er uns zu zeigen, zu was er das Zeug hatte. Eines Nachts ging es im Trinksaloon ganz ungewöhnlich roh und gewalttätig her. An diesem Tag war man auf eine reiche Ader gestoßen, und der glückliche Finder hatte derart großzügig einen springen lassen, dass am Ende drei Viertel der Siedlung sinnlos betrunken waren. Um die Bar standen oder lagen besoffene Faulenzer in Menge; es wurde geflucht, getobt, geschrien, getanzt, und hin und wieder feuerte einer aus reinem Übermut seine Pistole in die Luft. Aus dem Inneren des hinteren Schuppens kam ein ähnlicher Lärm. Maule, Phillips und die Raubeine, die nach ihnen gerieten, trieben es am ärgsten; von Ordnung und Anstand keine Spur mehr.

Inmitten des Tumults von Flüchen und Schreien bemerkte man plötzlich durch all den Lärm ein ruhiges, monotones Geräusch, das besonders in den Pausen auffiel. Erst hörte es einer, dann zwei, bald waren es viele, schließlich legte sich der Aufruhr nach und nach, und unwillkürlich sahen alle nach der Richtung, von wo der ruhige Wortstrom sich ohne Unterbrechung ergoss. Hier stand auf einem Fass Elias B. Hopkins, der neueste Bewohner von Jackman's Gulch, ein gutmütiges Lächeln auf seinem entschlossenen Gesicht. Er hielt eine Bibel geöffnet in der Hand und las mit ruhiger Stimme eine Stelle daraus vor, die er offenbar aufs Geratewohl herausgegriffen hatte, einen Auszug aus der Offenbarung, wenn ich mich recht erinnere. Die Worte hatten nicht die geringste Beziehung zu der Szene, die sich vor ihm abspielte; aber er fuhr unbeirrt mit großer Geste in seiner Vorlesung fort, indem er mit der Linken sanft den Tonfall begleitete.

Bei dieser Erscheinung brach man auf allen Seiten in Gelächter und Applaus aus, und Jackman's Gulch sammelte sich beifällig rings um das Fass, in der Meinung, dies sei ein ganz ausgesuchter Witz, und in der Erwartung, der Prediger werde jetzt das gelesene Kapitel verspotten oder parodieren. Als jedoch der Vorleser nach diesem Kapitel ruhig ein zweites anfing und hierauf mit einem dritten fortfuhr, kamen die Zuhörer zu dem Schluss, dass sich der Scherz doch ein wenig zu lang hinauszog. Der Beginn jedes neuen Kapitels bestärkte sie in dieser Ansicht, und ein ärgerliches Geschrei erhob sich von allen Seiten, man solle den Vorleser durchprügeln oder von seinem Fass herunterhauen. Trotz der Rufe und Drohungen fuhr Elias B. Hopkins unbeirrt in der Offenbarung fort, mit derselben heiteren Miene, und wirkte so befriedigt von seinem Erfolg, als sei der Lärm ringsum der dankbarste Beifall. Es dauerte nicht lange, da polterte von ungefähr ein Stiefel an Hopkins' Fass und ein zweiter flog ihm am Gesicht vorbei; einige der gesitteteren Bewohner intervenierten um des Friedens und der Ordnung willen, welchen sich sogar die schon erwähnten Maule und Phillips anschlossen, die für den Vorleser Partei ergriffen, vielleicht aus reiner Streitsucht, da die Mehrzahl gegen ihn war. »Der kleine Kauz hat einen Sparren«, erklärte der letztere, indem er seinen großen, mit einem roten Hemd bekleideten Körper zwischen die Ansammlung und den Gegenstand seiner Protektion drängte. »Seine Wege sind nicht unsere Wege, und wir alle können unsere Meinung sagen und von einem Fass herunterreden oder von sonst wo, wenn wir wollen. Was ich sage und was Bill sagt, ist, dass es nicht angeht, mit Stiefeln um sich zu werfen statt mit Worten; und das sag ich, wenn der Kerl nicht recht hat, dann fahren wir ihm dazwischen, sag ich, und dann weiß er, was recht ist.«

Diese rednerische Leistung hatte den Erfolg, dass die heftigeren Zeichen von Missbilligung aufhörten und die Krawallmacher sich wieder dem Spiel hinzugeben und den Prediger zu ignorieren versuchten, der die Heilige Schrift so üppig auf sie hinabregnen ließ. Dieser Versuch war jedoch aussichtslos. Die Betrunkenen schliefen vollends ein, und die anderen, mit manch finsterem Blick auf den unerschütterlichen Redner, schlichen nach Hause, während er immer noch auf seinem Fass stand. Als er mit den ordentlicheren unter der Gesellschaft allein war, machte er mit einem Bleistift einen Strich genau an der Stelle, wo er aufhörte, schloss die Bibel und stieg von seiner improvisierten Kanzel herab. Morgen Abend, Jungs, sagte er in seinem ruhigen Ton, werde ich die Vorlesung mit Kapitel 15, Vers 9 der Offenbarung fortsetzen. Ohne auf unsere Glückwünsche zu hören, entfernte er sich wie ein Mann, der eine schwierige Pflicht erfüllt hat.

Es zeigte sich, dass seine Worte keine leere

Drohung waren. Kaum hatte man sich am nächsten Abend versammelt, da erschien er wieder auf seinem Fass und begann seine Vorlesung mit derselben eintönigen Festigkeit, um Kapitel auf Kapitel herunterzuschnurren. Man versuchte, ihn durch Gelächter, Drohungen, Nachäffen, kurz durch alle Mittel außer direkter Gewalt einzuschüchtern, aber alle hatten denselben – negativen – Erfolg. Bald merkte man, dass er mit Überlegung und System vorging: Wenn es still oder die Unterhaltung harmloser Art war, hörte er mit dem Vorlesen auf. Sobald aber ein Fluchwort ertönte, begann er für etwa eine Viertelstunde, um dann so lange aufzuhören, bis ihn ein ähnlicher Anlass wieder zur Vorlesung trieb. Diesen Abend war sie ziemlich durchgehend, da die Unterhaltung noch sehr freizügig verlief. Aber es war doch schon eine gelinde Besserung im Vergleich zum Vorabend zu verspüren.

Mehr als einen Monat führte Elias B. Hopkins diesen Feldzug. Nacht für Nacht saß er da, das offene Buch auf seinen Knien: Bei der geringsten Provokation ging er los wie eine Musikdose, wenn man die Feder berührt. Das eintönige Vorlesen wurde unausstehlich, aber vermeiden ließ es sich nur durch Unterwerfung unter des Predigers Gesetz. Ein Gewohnheitsflucher wurde von der Allgemeinheit missbilligend angesehen, seit die Bestrafung für seine Übertretungen sich auf alle erstreckte. Nach Verlauf von vierzehn Tagen konnte sich der Vorleser mehr als die halbe Zeit still verhalten, und nach Ablauf eines Monats war seine Stellung ein Amt ohne Arbeit.

Nie vollzog sich eine moralische Revolution rascher und vollständiger. Unser Prediger suchte seinem Grundsatz sogar im Privatleben Geltung zu verschaffen. Ich habe ihn gesehen, wie er auf ein unbedachtes Wort eines Goldgräbers hin die Bibel in der Hand schwingend herbeistürzte, den roten Lehmhaufen auf dessen Claim bestieg und in höchst ernster und eindrücklicher Weise den Stammbaum am Anfang des Neuen Testamentes herunterschnurrte, als sei gerade er für diese Gelegenheit angebracht. Mit der Zeit hörte man nur selten noch ein Fluchwort unter uns; ebenso begann es mit der Trunkenheit zu gehen. Reisende, die zufällig durch das Lager kamen, wunderten sich über unser gesittetes Verhalten, und Gerüchte davon gingen bis Ballarat, wo sich die

Leute die Köpfe darüber zerbrachen, da sie es sich nicht erklären konnten.

Unser Evangelist hatte Eigenschaften, die ihn für die Arbeit, die er sich vorgenommen hatte, besonders befähigten. Ein Mensch, der gar keine Fehler an sich hatte, war nicht der richtige, um hier etwas zu erreichen oder sich Sympathien zu erwerben. Als wir dazu kamen, Elias B. Hopkins besser kennenzulernen, entdeckten wir, dass er trotz seiner Frömmigkeit doch noch etwas vom alten Adam in sich hatte und sicherlich andere Tage gekannt hatte. Er war zum Beispiel kein Abstinenzler. Im Gegenteil, er konnte seinen Drink mit Kennermiene aussuchen und sein Glas kompetent leeren. Ferner spielte er meisterhaft Karten: Er und die zwei Erzgauner Phillips und Maule spielten oft in völliger Eintracht stundenlang, außer wenn ein Missgeschick im Spiel einem seiner Genossen einen Fluch entlockte. Zunächst warf dann der Prediger ein schmerzliches Lächeln und einen vorwurfsvollen Blick auf den Sünder. Dann aber griff er nach seiner Bibel, und mit dem Spielen war es für diesen Abend aus. Er zeigte uns auch einmal, dass er ein guter Revolverschütze war, denn als wir uns eines Tages vor Adams' Bar an einer leeren Brandyflasche übten, nahm er die Pistole eines Freundes und schoss sie auf vierundzwanzig Schritte in Scherben. Es gab überhaupt wenig Dinge, die er nicht fertigbrachte, mit Ausnahme des Goldgrabens: Darin war er ein unverbesserlicher Stümper. Es war jämmerlich, den kleinen Sack zu sehen, der friedlich und leer mit seinem Namenszug versehen in Woburns Hütte lag, während alle anderen von Tag zu Tag an Inhalt zunahmen; einige der Säcke hatten schon eine gefällige Rundung angenommen, da die Wochen rasch verflossen waren und es wieder an der Zeit war, einen Goldzug nach Ballarat zu entsenden. Wir berechneten, dass der angehäufte Betrag damals der größte war, der je von Jackman's Gulch abgegangen war.

Obgleich Elias B. Hopkins von dem wundervollen Umschwung, den er im Lager herbeigeführt hatte, offenbar ziemlich befriedigt war, schien seine Freude doch nicht ganz vollständig zu sein. Ein Ding lag ihm noch auf der Seele. Eines Abends schüttete er uns sein Herz darüber aus.

»Der Segen würde dem Lager zuteilwerden,

Jungs«, sagte er, »wenn wir am Tag des Herrn hier einen Gottesdienst oder so was Ähnliches abhielten. Es ist sündhaft, wenn wir keine Notiz von ihm nehmen, außer dass mehr Whisky getrunken und mehr Karten gespielt wird als an irgendeinem Werktag.«

»Wir haben halt keinen Pfarrer«, warf einer aus der Menge ein.

»Ihr Narren«, brummte ein anderer, »haben wir nicht einen Mann, der drei Pfarrer aufwiegt und mit Textstellen um sich schmeißt wie einer beim Goldgraben mit Dreck? Was wollt ihr noch mehr?«

»Wir haben keine Kirche!«, warf der Unzufriedene ein.

»Machen wir's unter freiem Himmel«, schlug einer vor.

»Oder in Woburns Depot«, meinte ein anderer.

»Oder in Adams' Saloon.«

Der letzte Vorschlag erhielt Beifallsgemurmel, was anzeigte, dass man Adams' Saloon für die geeignetste Lokalität hielt.

Es war ein wuchtiger Holzbau hinter der Bar, der zum Teil als Vorratskammer für die Getränke, zum Teil als Spielsalon diente – er war robust gebaut, da der Besitzer zu jener Zeit vor der geistigen Erneuerung von Jackman's Gulch mit Recht der Meinung gewesen war, Brandy- und Rumfässer seien Waren, die man am schlauesten hinter Schloss und Riegel aufbewahrt. An jedem Ende des Saloons führte eine feste Tür ins Freie; das Innere war, wenigstens wenn der Tisch und das Gerümpel entfernt wurden, genügend groß, um die ganze Bevölkerung von Jackman's Gulch aufzunehmen. Die Schnapsfässer wurden vom Besitzer in einer Ecke so aufgestapelt, dass sie eine ganz hübsche Nachahmung einer richtigen Kanzel ergaben.

Anfänglich interessierte man sich im Lager nur mäßig für die Vorgänge, aber als bekannt wurde, dass Elias B. Hopkins die Absicht hatte, sich nach dem Gottesdienst noch an die Anwesenden zu wenden, begann man sich für die Sache zu erwärmen. Eine richtige Predigt war für alle eine neue Abwechslung, und vollends eine ihres eigenen Pfarrers! Es ging das Gerücht, dass lokale Gewohnheiten und Sitten gegeißelt und durch besonders hervorstechende Charaktere im Lager illustriert werden sollten. Man

begann schon zu fürchten, dass nicht genug Sitz-
plätze vorhanden sein würden, und von allen
Seiten wurde den Brüdern Adams Hilfe angeboten. Schließlich gelang es, alles soweit herzurich-
ten, dass Plätze für alle vorhanden waren, und
so herrschte im Lager ruhige Erwartung.

Es war in der Tat gut, dass das Gebäude so
groß war, denn die Versammlung am Sonntag-
morgen war die größte, die man je in Jackman's
Gulch erlebt hatte. Zuerst glaubte man allgemein, es sei überhaupt die ganze Bevölkerung
anwesend, aber es zeigte sich, dass dem doch
nicht ganz so war. Maule und Phillips hatten
eine Erkundungsreise in die Berge unternommen
und waren noch nicht davon zurückgekehrt;
und Woburn, der Wächter des Golddepots,
durfte seinen Posten nicht verlassen. Aber mit
Ausnahme dieser drei war das ganze Lager vollständig erschienen, in frischgewaschenen roten
Hemden und anderen Ergänzungen ihres Auf-
zuges, wie es der Anlass verlangte, und wartete
nun in einer langen Reihe an dem schmutzigen
Fußpfad, der zum Saloon hinaufführte.

Das Gebäude war im Inneren mit rohen Bän-
ken versehen worden; der Prediger stand mit sei-

nem ruhigen, gutmütigen Lächeln an der Tür, um sie zu bewillkommnen. »Morgen, Jungs«, rief er, als die Leute in kleinen Gruppen heraufgebummelt kamen. »Kommt herein, kommt nur herein! Ihr werdet sehen, dass ihr euren Morgen nie besser genutzt habt als heute. Lasst eure Revolver vor dem Eintreten in diesem Fass da vor der Tür; ihr könnt sie wieder an euch nehmen, wenn ihr heimgeht; aber es schickt sich nicht, im Haus des Friedens Waffen zu tragen.« Seiner Aufforderung wurde willig Folge geleistet, und bevor noch der letzte der Gemeinde eingetreten war, enthielt das Fass eine eigentümliche Auswahl an Messern und Feuerwaffen. Als alles versammelt war, wurden die Türen geschlossen, und der Gottesdienst begann, der erste und letzte, der je in Jackman's Gulch abgehalten wurde.

Das Wetter war schwül und der Raum geschlossen, doch die Goldgräber hörten mit vorbildlicher Geduld zu. Es lag der Reiz des Neuen über dem Geschehen. Einzelnen war es ganz neu, andere wurden dadurch in ein anderes Land, in alte Tage zurückversetzt. Abgesehen vom Beifallklatschen, zu dem sich einige am Ende hinreißen ließen, um zu zeigen, dass sie mit den Worten des Pfarrers einverstanden waren, hätte der Gottesdienst nicht besser verlaufen können. Ein erwartungsvolles Gemurmel erhob sich indes, als Elias B. Hopkins auf die Versammlung hinunterschaute, um seine Ansprache zu beginnen.

Er hatte sich dem Anlass zu Ehren mit Sorgfalt gekleidet. Er trug einen Samtrock und baumwollene Beinkleider; seinen Strohhut hielt er in der Linken. Er begann seine Ansprache mit leiser Stimme, und es fiel auf, dass er mehrmals einen Blick durch die schmale Öffnung in der Wand warf, die als Fenster diente und sich über den Häuptern seiner Gemeinde befand.

»Ich habe euch jetzt«, sagte er im Verlauf seiner Ansprache, »ich habe euch den rechten Pfad gewiesen; an euch liegt es, darauf zu verbleiben.« Bei diesen Worten blickte er einige Sekunden scharf zum Fenster hinaus. »Ihr habt Nüchternheit und Fleiß gelernt, und mit diesen Tugenden werdet ihr jeden Verlust verschmerzen, den ihr erleidet. Ich glaube, 's ist keiner unter euch, der sich nicht an meinen Besuch in diesem Lager erinnern wird.« Er hielt für einen Augenblick inne, und man hörte drei Revolverschüsse in der ruhigen Sommerluft. – »Bleibt hocken, zum Teufel!«, brüllte unser Prediger, als seine Zuhörer aufgeregt aufspringen wollten. »Wenn einer sich bewegt, knalle ich ihn nieder! Die Tür ist von außen verschlossen, ihr könnt nirgends hinaus. Nieder mit euch, ihr Schafsköpfe, ihr Narren! Bleibt hocken, ihr Hunde, oder ich schieß euch nieder!«

Vor Erstaunen und Furcht setzten wir uns nieder und starrten unsern Prediger und uns gegenseitig an. Elias B. Hopkins, in dessen Zügen und gesamter Gestalt eine außerordentliche Veränderung vor sich gegangen war, blickte drohend von seinem erhöhten Standpunkt aus auf uns herab; ein verächtliches Lächeln zeigte sich auf seinem entschlossenen Gesicht.

»Ich habe euer Leben in meiner Hand«, fuhr er fort; und wir bemerkten, dass er einen schweren Revolver in der Hand hielt und dass der Griff eines andern aus seinem seidenen Gürtel, mit dem er sich außerdem geschmückt hatte, heraussah. »Ich bin bewaffnet, und ihr seid's nicht. Wenn einer muckt oder spricht, ist er ein toter Mann. Wenn nicht, dann tu ich euch nichts. Ihr müsst hier eine Stunde sitzen bleiben. Nun, ihr

Narren« (er legte einen verächtlichen Ton in dieses Wort, das uns noch lange im Gedächtnis blieb), »wisst ihr auch, wer euch so drangsaliert hat? Wisst ihr, wer es ist, der euch monatelang den Pfarrer und Heiligen vorgemimt hat? Conky Jim, der Buschräuber ist es, ihr Teigaffen! Und Phillips und Maule waren meine rechte Hand. Sie sind auf und davon in die Berge mit eurem Gold – ha! wollt ihr wohl?« Dies galt einigen kühnen Zuhörern, die sich vor dem wilden Blick und dem gespannten Revolver des Gauners indes sofort duckten. »In einer Stunde werden sie vor jeder Verfolgung sicher sein, und ich rate euch nur, euch damit abzufinden und ihnen nicht zu folgen, sonst könntet ihr noch mehr verlieren als bloß euer Gold. Mein Pferd ist an der Tür hinter mir angebunden. Wenn die Zeit verstrichen ist, gehe ich hinaus, schließe von außen und reite los. Dann könnt ihr euch einen Weg nach außen bahnen, so gut ihr es fertigbringt. Ich habe euch jetzt nur noch mitzuteilen, dass ihr die verfluchteste Affenbande seid, die je in Lederstiefeln auf der Welt rumlief!«

Während der langen sechzig Minuten, die folgten, hatten wir reichlich Zeit, um diese Ansicht geistig zu verarbeiten; wir waren gänzlich in der Gewalt des entschlossenen Desperados. Gewiss, durch einen gemeinsamen Angriff, bei dem acht oder zehn von uns draufgegangen wären, hätten wir ihn niederschlagen können. Aber wie wollten wir diesen Angriff ausführen, ohne sicher zu sein, dass die anderen ihn unterstützten, da wir ja nicht sprechen durften? Es gab nur eine Möglichkeit, und die war, sich zu unterwerfen. Es schienen drei Stunden verflossen zu sein, als der Räuber endlich seine Uhr zuklappte, von den Fässern heruntersprang und rückwärts zur Tür hinausschritt, die Waffe stets auf uns gerichtet. Wir hörten, wie das rostige Schloss zuklappte und die Hufschläge seines Pferdes sich in der Ferne verloren, als er fortgaloppierte.

Ich habe erwähnt, dass Fluchworte die letzten paar Wochen im Lager selten geworden waren: Wir entschädigten uns reichlich für diese längere Entbehrung, und zwar schon in der nächsten halben Stunde! Nie hat man so tiefempfundene Flüche gehört. Als es uns schließlich gelang, die Tür aus ihren Angeln zu heben, waren Schatz und Reiter verschwunden; weder vom einen noch vom anderen haben wir je wieder etwas gesehen. Der arme Woburn lag auf der Schwelle des erbrochenen Depots mit durchschossenem Kopf. Die Räuber, Maule und Phillips, waren ins Lager zurückgekehrt, während wir in der Falle saßen, hatten den Wächter erschossen, die Goldvorräte in einen kleinen Wagen geladen und in aller Sicherheit irgendeinen Schlupfwinkel in den Bergen erreicht, wo ihr verschlagener Anführer wieder mit ihnen zusammentraf.

Jackman's Gulch erholte sich von dem Schlag und ist jetzt ein blühendes Städtchen. Der Bedarf an Moralpredigern ist indes nicht groß, und die Sitten befinden nicht eben auf einem hohen Niveau. Es heißt, dass neulich ein harmloser Fremder festgenommen wurde, der zufällig die Bemerkung fallen ließ, dass es sich für einen so großen Ort doch gehöre, einen sonntäglichen Gottesdienst abzuhalten, in gleich welcher Form. Das Andenken an ihren einen und einzigen Pastor ist noch recht frisch in der Erinnerung der Bewohner und wird es für so manches Jahr bleiben.

Wie Braxton die Buschklepper fing

Broadhursts Laden war geschlossen; in der kleinen Hinterstube sah es diese Nacht sehr behaglich aus. Das Feuer warf einen rötlichen Schein auf Decke und Wände, der sich heiter an den ringsum aufgehängten Pulverhörnern und Gewehren spiegelte. Doch auf den beiden Männern, die am kleinen Ofen saßen, lastete ein Schatten, den weder das Feuer noch die schwarze Flasche auf dem Tisch zu verscheuchen imstande waren.

»Zwölf Uhr«, sagte der alte Tom, dem der Laden gehörte, nach einem Blick auf die hölzerne Standuhr, die er '42 von England mit herübergebracht hatte, »Seltsam, George, dass sie noch nicht da sind.«

»Es ist eine scheußliche Nacht«, erwiderte sein Genosse und stopfte sich seine Pfeife von Neuem. »Möglicherweise ist der Wawirra überschwemmt oder ihre Pferde sind zu müde; oder sie haben sie losgeschlagen, am Ende. Herrgott, wie's draußen donnert! Gib mir eine Kohle rüber, Tom.«

Er gab sich Mühe, in gleichgültigem Ton zu reden, aber es war doch ein schmerzliches Zittern in seiner Stimme, das seinem Gefährten nicht entging. Dieser warf unter seinen buschigen Augenbrauen einen besorgten Blick auf ihn.

»Meinst du, es ist alles in Ordnung, George?«, fragte er nach einer Pause.

»Wie, alles in Ordnung?«

»Nun, ich meine, dass die Burschen in Sicherheit sind.«

»In Sicherheit! Natürlich sind sie in Sicherheit. Wer zum Teufel sollte ihnen denn was antun?«

»Oh, niemand, nichts, sicherlich«, sagte der alte Tom. »Weißt du, George, seit meine Frau gestorben ist, ist mir Maurice alles gewesen; und das macht mich allzu ängstlich. Vor einer Woche sind sie von den Minen weggeritten, und ich dachte nur, sie könnten jetzt hier sein. Aber ich denke, es ist nichts Besonderes daran, überhaupt nichts. Es war nur so ne dumme Idee.«

»Wer sollte ihnen etwas antun?«, wiederholte George Hutton in der Absicht, eher sich als seinen Gefährten zu beruhigen. »Von den Goldfeldern bis Rathurst ist die Straße eben, dann geht's durch die Hügel hinter Bluemansdyke, dann durch die Furt des Wawirra und dann den Buschpfad nach Trafalgar. 's ist nichts Schlimmes dabei, gar nichts, oder? Mein Sohn Allan ist mir so lieb als Maurice es dir sein kann«, fuhr er fort; »aber sie kennen ja die Furt ganz gut, und dies ist die einzige schlimme Stelle. Bis morgen Abend sind sie da, bestimmt.«

»Wollte Gott, es wäre so!«, sagte Broadhurst; die zwei Männer versanken wiederum für einige Zeit in Schweigen, in das nur das Knistern des Holzes im Feuer einfiel. Nachdenklich und verdrießlich rauchten sie ihre kurzen Tonpfeifen.

In der Tat war es, wie Hutton gesagt hatte, eine scheußliche Nacht. Der Sturm kam heulend durch die Schluchten der Berge im Westen heruntergefegt und pfiff und stöhnte in den Straßen Trafalgars, blies durch die Fugen der rohen Holzhütten und zerrte an den ärmlichen Schindeln, aus denen die Dächer bestanden. Die Straßen waren verlassen, nur da und dort trat einer verspätet aus einem Wirtshaus, hüllte sich fest in seinen Mantel und schwankte durch Sturm und Regen heimwärts.

Broadhurst, dem offenbar weiter übel zumute war, brach zuerst wieder das Schweigen.

»Sag, George«, fragte er, »was ist aus Josiah Mapleton geworden?«

»Er ging zu den Goldgräbern.«

»Ja, ja; aber er sandte doch eine Nachricht, er komme zurück.«

»Er kam aber nicht mehr.«

»Und was ist aus Jos Humphrey geworden?«, fuhr er nach einer Pause fort.

»Er ging auch auf die Goldfelder.«

»Allerdings; kam er wieder zurück?«

»Lass das, Broadhurst; lass das, sag ich dir«, entgegnete Hutton, indem er aufsprang und in dem engen Stübchen mit großen Schritten auf und ab zu gehen begann. »Du willst mir Angst machen! Du weißt doch, dass diese Männer jedenfalls landaufwärts gegangen sind, um Gold zu graben oder eine Farm zu bauen, vielleicht. Was geht das uns an, wo sie hingegangen sind? Du wirst doch nicht glauben, dass ich ein Ver-zeichnis über sämtliche Bewohner der Kolonie führe, wie Inspektor Burton über die Deportierten ...«

»Setz dich, George, und horche«, sagte der alte Tom. »Mit dieser Straße ist irgendetwas los, irgendetwas, was ich nicht verstehe und was mir nicht gefällt. Vielleicht erinnerst du dich, wie Maloney, der Schurke mit dem einen Auge, sein Geld verdiente in der ersten Zeit der Goldfunde. Er hatte an der Hauptstraße auf halbem Weg eine Schenke, an einem Abhang, dort wo die Lena von den Bergen herunterströmt. Du hast gehört, George, wie man eine Art Rutschbahn entdeckte, die von seinem Hinterstübchen aus in den Strom hinunterführte; und wie es herauskam, dass er einem Mann nach dem andern einen Trank verabreichte und ihn dann wie ein Paket Waren in die Ewigkeit hinunterbeförderte. Man wird nie erfahren, wie viele er auf diese Weise beiseitegeschafft hat. Von all diesen Leuten nahm man an, dass sie weitergezogen waren, um Gold zu suchen oder Farmen zu bauen und dergleichen, bis man ihre Leichen aus dem Strom herausgefischt hat. Es hat keinen Sinn, um den heißen Brei herum zu reden, George; falls die Burschen nicht bis morgen

Abend zurück sind, reiten wir mit der Polizei zu den Goldfeldern.«

»Wie du meinst, Tom«, erwiderte Hutton.

»Übrigens, weil wir gerade von Maloney reden – es ist doch eigentümlich«, sagte Broadhurst, »dass Jack Haldane darauf schwört, einen Mann gesehen zu haben, der Maloney aufs Haar gleicht, wenn man ihm die zehn Jahre zurechnet, seit man ihn zuletzt gesehen. Es war am Montagmorgen, im Busch. Zufall, nehm ich an; doch ist schwer zu glauben, dass es auf der Welt noch ein zweites Galgengesicht wie seines geben soll.«

»Jack Haldane ist ein Narr«, brummte Hutton und schloss die Haustür auf. Er blickte sorgenvoll in die Dunkelheit hinaus, während der Wind in seinem langen grauen Bart wühlte und aus seiner Pfeife einen langen Schweif glühender Tabakkrumen die Straße hinunterjagte.

»Eine fürchterliche Nacht«, murmelte er, als er an seinen Platz am Feuer zurückkehrte.

Ja, eine wilde, stürmische Nacht war es, eine Nacht für Raubtiere, die das Licht des Tages scheuen, die richtige Nacht für sieben Männer, die im Gießbachbett von Bluemansdyke im Hinterhalt lagen, Revolver in den Händen und teuflische Absichten in der Brust.

Nach der stürmischen Nacht ging die Sonne auf. Ein dicker, schwerer Dampf entstieg dem gesättigten Boden und hing wie ein Leichentuch über der blühenden kleinen Stadt Trafalgar. Ein bläulicher Nebel lag über dem weiten Buschland ringsum, aus dem die Berge im Westen wie große Inseln aus einem Nebelmeer hervorragten.

Irgendetwas war in der Stadt los, nichts Gutes. Der flüchtigste Blick hätte dies bemerken können. Man sah Leute rufend vorübereilen. Türen wurden zugeschmettert und Läden aufgerissen. Ein Polizeisoldat ritt im vollen Galopp, den Karabiner vor sich über den Sattel gelegt, durch die Hauptstraße. Die Zeit war schon vorüber, um die man in Joe Buchans Sägemühle gewöhnlich zu arbeiten anfing, aber das große Rad bewegte sich nicht, weil die Arbeiter nicht erschienen waren.

Vor dem Haus des alten Tom Broadhurst sammelte sich eine heftig disputierende Volksmenge an. »Was ist denn los?«, fragten die Neuangekommenen, atemlos, gespannt. »Broadhurst hat seinen Teilhaber erschossen.« »Er hat sich selbst die Kehle durchgeschnitten.« »Er hat im Lehmboden seiner Küche eine Goldader entdeckt.« »Nein, 's ist sein Sohn Maurice, der reich zurückgekehrt ist.« »Der ist ja gar nicht wieder heimgekehrt.« »Sein Pferd ist ohne ihn zurückgekehrt.« Zum Schluss war der Tatbestand herausgekommen; da stand das alte braune Pferd, von dem man sprach, und wieherte und rieb seinen Hals an der altbekannten Stalltür, als ob es um Einlass bitten wollte; neben ihm standen zwei hagere, graue alte Männer, die es am Zügel hielten und aufmerksam das dampfende Tier betrachteten.

»Herrgott im Himmel!«, rief der alte Tom Broadhurst, »Es ist gekommen, wie ich gefürchtet habe.«

»Nur Mut, Freund«, sagte Hutton, indem er seinen groben Strohhut tief ins Gesicht zog; »noch besteht Hoffnung.«

Ein beifälliges, ermutigendes Gemurmel lief durch die Volksmenge.

»Das Pferd ist durchgebrannt, offenbar.«

»Oder ist es gestohlen worden.«

»Oder er ist durch den Wawirra geritten und der Strom hat ihn mitgerissen«, meinte einer, der trösten wollte und damit alles nur schlimmer machte.

»Jedenfalls ist das Pferd nirgends verletzt«, bemerkte ein anderer, der mehr Hoffnung hatte.

»Oder vielleicht war der Reiter betrunken«, sagte ein vierschrötiger alter Schafhirt. »Ich weiß noch gut«, fuhr er fort, »wie ich selber um diese Zeit in die Stadt kam, den Kopf auf dem Halfter, und mich für einen sechsläufigen Revolver hielt – so schwer betrunken war ich.«

»Maurice hat einen guten Sitz; der lässt sich nicht so leicht vom Wasser mitreißen.«

»Nein, der nicht.«

»Das Pferd hat vorn einen kräftigen Striemen«, bemerkte ein anderer, der aufmerksamer war als die übrigen.

»Vielleicht ein Peitschenhieb.«

»Das muss ein verteufelt kräftiger Schlag gewesen sein!«

»Wo ist Chicago Bill?«, rief einer; »der würde es sicher wissen!«

Auf diese Worte drängte sich eine merkwürdige große Gestalt durch die Menge vor. Es war ein außerordentlich hochgewachsener, kräftiger Mann, der das rote Hemd und die langen Rohrstiefel des Goldgräbers trug. Sein offenes Hemd ließ einen sehnigen Nacken und eine breite Brust erkennen. Er wies manche Narbe im Gesicht auf, aber trotz seines brutalen Äußeren lag doch eine gewisse Würde in seinem Auftreten. Es war ein alter Goldjäger, ein richtiger alter kalifornischer Neunundvierziger, der jene Felder angewidert verlassen hatte, als große Konglomerate mit schweren Maschinen zu ihrer Ausbeutung erschienen und den Kleinunternehmen damit ein Ende machten. Aber der rote Ton mit den kleinen glitzernden Metallpünktchen hatte ihn dermaßen in seinen Bann geschlagen, dass er auf seiner Suche danach die halbe Erde durchmessen hatte.

»Chicago Bill ist hier«, rief er, »was ist los?«

Bill genoss das Ansehen eines Orakels, wegen seiner Tapferkeit und vielen Erfahrungen. Jedermann blickte auf ihn, als ein junger irischer Wachtmeister der Gendarmerie namens Braxton ihn fragte: »Was, glaubst du, ist mit dem Pferd da passiert, Bill?«

Der Yankee hatte es mit einer Antwort keineswegs eilig. Er sah sich das Tier einige Zeit mit seinen verschmitzten, kleinen grauen Augen an. Er fasste und untersuchte die Zügel, fuhr mit der Hand durch die Mähne, besah die Hufe und Schenkel. Sein Auge blieb an dem erwähnten blauen Striemen hängen. Dies schien ihn auf eine Fährte zu führen: Er ließ einen gedehnten leisen Pfiff hören und machte sich sofort daran, das Fell auf beiden Seiten des Sattels zu untersuchen. Offenbar entdeckte er etwas, das einen Schluss zuließ, denn mit einem Seitenblick auf die zwei alten Männer neben ihm drehte er sich um und trat wieder in die Menge zurück.

»Nun, was haltet Ihr davon?«, riefen ein Dutzend ungeduldige Stimmen.

»Ein Job für Euch«, sagte Bill, zum irischen Gendarmen gewandt.

»Wieso das? Was ist aus dem jungen Broadhurst geworden?«

»Er hat getan, was Bessere vor ihm nicht lassen konnten. Er hat nach Gold gesucht und sich sein Grab geschaufelt.«

»Sagt's schon, Mensch! Was habt Ihr gesehen?«, schrie eine bebende Stimme auf.

»Ich hab auf dem Rücken des Pferdes die Spur einer Buschklepperkugel und am Sattelknopf einen Tropfen Blut vom Reiter gefunden – halt!

Stützt den Alten, Jungs; lasst ihn nicht fallen! Gebt ihm ein Glas Branntwein und führt ihn hinein! Hört mal«, fuhr er leise zum Wachtmeister gewandt fort, den er am Arm packte, »denkt dran, ich mach mit. Ich hasse das Gesindel wie den Tod. Wir wollen's machen wie in Nevada drüben: das Eisen schmieden, solange es heiß ist. Trommelt so viele Leute zusammen wie Ihr könnt. Ich nehm an, Ihr kommt mit.«

»Selbstverständlich komm ich mit!«, erwiderte Braxton mit einem ruhigen Lächeln.

Der Amerikaner sah ihn wohlgefällig an. Er hatte auf seinen Wanderungen die Beobachtung gemacht, dass ein Ire, der äußerlich ruhig wird, wenn sein Inneres aufgeregt ist, eine recht gefährliche Art Mensch ist.

»Ein guter Kerl«, murmelte er; und die beiden, gefolgt von einem halben Dutzend der entschlossensten Männer aus der Menge, eilten die Straße zum Gendarmerieposten hinab.

Zum vollen Verständnis unserer Erzählung oder richtiger Chronik – denn jedes Wort daran entspricht den Tatsachen – sei hier eingeflochten, dass sich die Gendarmerietruppen in den englischen Kolonien vor fünfzehn oder zwanzig

Jahren von den heutigen in den meisten Stücken unterschieden. Dies kommt daher, dass damals so ziemlich alle, die zu wild veranlagt war, ohne schlecht zu sein, die Unternehmungsgeist, aber nicht das nötige Kleingeld besaßen, ferner jüngere Söhne von Adligen usf. nach Australien gingen mit dem Gedanken, dort ihr Glück zu machen. Ihr Geld war in Melbourne bald zu Ende, für ein Geschäft waren sie meist nicht tauglich, und so gingen sie unfehlbar zur berittenen Gendarmerie. So kam es, dass Gemeine sowohl wie Offiziere sich, was Bildung und Familienstolz anbelangt, in nichts unterschieden. Es waren Leute, welche die Geschicke eines Reichs zu bestimmen die Kraft gehabt hätten und nun hier ihr Leben in einsamen Kämpfen mit Eingeborenen und Buschkleppern aufs Spiel setzten. Doch zurück zu unserem Bericht.

Es war ein prachtvoller Sonnenuntergang. Der ganze westliche Himmel war in Flammen getaucht; in purpurner Tönung lag das Gebirge da, und ein letzter Sonnenstrahl vergoldete die höchsten Wipfel des finsteren Waldes, der sich zwischen Trafalgar und dem Wawirrafluss ausdehnt, in ungebrochener Wildnis; nur

der unebene Weg, der von den Goldgräbern ge-
bahnt wurde, erzählt von des Menschen Gegenwart. Er windet sich um die Riesenstämme im
Zickzack durch den Wald und macht da und
dort einen weiten Bogen, um ein sumpfiges
Stück Land oder eine besonders dicht bewach-
sene Strecke zu umgehen. Oft ist er nur durch
zerstreute Hufeindrücke, gelegentlich durch eine
Wagenspur von seiner Umgebung zu unterscheiden.

Ungefähr fünfzehn Meilen von Trafalgar er-
hebt sich ein kleiner, wohlversteckter Hügel, von
dem man einen Ausblick auf die »Straße« hat.
Dort lag an jenem Freitagabend ein Mann, als
die Sonne unterging. Er wollte offenbar nicht
beobachtet sein, da er auf der Seite lag, wo das
Laub am dichtesten war; doch schien er sich
entschieden sicher zu fühlen, wie er, die Pfeife
zwischen den Zähnen, auf dem Rücken lag; ein
breitkrempiger Hut bedeckte sein Gesicht zur
Hälfte, ein Gesicht übrigens, das wohl bedeckt
sein musste, um den Frieden dieser Szene nicht
zu zerstören. Der Mann hatte eine breite, nie-
dere Stirn; das eine Auge war ihm offenbar aus-
gestochen worden, an seiner Stelle gähnte eine

leere Höhlung; das andere lag tief eingesunken und hatte einen grausamen, rachsüchtigen Ausdruck. Härte und Rohheit sprach aus seinem Mund; ein ungepflegter Bart bedeckte sein Kinn. Es war ein Gesicht, das uns in einer einsamen Straße instinktiv bewogen haben würde, den Stock umzudrehen – kurz, das Gesicht eines vollendeten, skrupellosen Gauners.

Ein unangenehmer Gedanke schien ihm durch den Kopf zu fahren: Er stand mit einem Fluch auf und klopfte die Asche aus seiner Pfeife. »Eine verteufelt hübsche Lage«, brummte er, »dass ich so auf Wacht liegen muss! Es war Barretts Fehler, dass das Geschäft sich nicht sauber und glatt abgewickelt hat, und jetzt soll ich das Sumpffieber kriegen! Hätte er den Gaul erschossen wie ich den Mann, so müssten wir uns nicht auf dieser Seite des Wawirra herumtreiben. Er war doch immer ein armseliger Waschlappen! Na«, fuhr er fort und ergriff die Flinte, die hinter ihm im Gras lag, »jetzt brauch ich nicht mehr länger zu warten; bei Nacht würden sie ja doch nicht herkommen. Vielleicht ist der Gaul gar nicht nach Hause, vielleicht dachten sie, der Kerl sei ertrunken; auf jeden Fall muss morgen ein anderer daran glauben; ich warte jetzt noch fünf Minuten und dann reit ich los ...« Er setzte sich auf einen Baumstrunk und brummte eine Melodie vor sich hin.

Plötzlich sprang er auf und warf sich zu Boden, wo er aufmerksam horchte. Für ein gewöhnliches Ohr war alles ruhig wie vorher, ein Insekt flog summend vorüber, ein Vogel sang; aber der Buschklepper stand mit befriedigter Miene wieder auf. »Leb wohl, Bluemansdyke«, sagte er, »ich glaube, der Boden wird dort für einige Zeit zu heiß für uns sein. Das verfluchte Rindvieh! Hat uns der Kerl erst unseren schönsten Schlupfwinkel verdorben und in dem schäbigen Handel auch noch unser Leben aufs Spiel gesetzt. Ich will doch sehen, wie viele es sind und wer dabei ist«, fuhr er fort. Er suchte sich ein Plätzchen, wo ihn ein rohes Dickicht wie ein Schirm verbarg, kauerte daselbst nieder und lag da wie eine Giftschlange, um nur von Zeit zu Zeit den Kopf zu erheben und zwischen dem Laub auf den rötlichen Streifen, die Straße nach Trafalgar, hinabzuspähen.

Jetzt stand das Herannahen einer Abteilung Reiter außer Zweifel. Unser Freund, wohlgeborgen unter seinem Schutzdach, hörte Stimmen und Hufgeklapper deutlich an sein Ohr schlagen, einen Augenblick später erschien ein Trupp Reiter auf der Straße. Er bestand aus elf bis an die Zähne bewaffneten Männern. Zwei ritten, die Büchse quer über dem Sattel, voraus; sie untersuchten sorgfältig jeden Busch, der einen Feind hätte bergen können. Die Hauptmasse ritt etwa fünfzig Meter hinter ihnen, während zwei einzelne Reiter die Nachhut bildeten. Der Gauner beobachtete sie scharf, als sie vorbeiritten. Er schien die meisten zu erkennen. Einige waren seine natürlichen Feinde, Gendarmen; die Mehrzahl bestand aus Goldgräbern, die freiwillig mitgezogen waren, um das Übel zu bekämpfen, welches ihre Interessen so nahe berührte. Es war eine prächtige, wettergegerbte Schar, auf deren entschlossenen Gesichtern zu lesen war, dass sie sich etwas vorgenommen hatten und dies auch auszuführen gewillt waren. Als der letzte vorbeiritt, fluchte der einsame Beobachter in seinen roten Bart: »Diese verdammte Fratze kenne ich: Bill Hanker ist's, der '53 dem langen Nat Smeaton in Silver City eins zwischen die Rippen brannte; was zum Teufel bringt ihn hierher? Ich muss jetzt zurück und den Jungs berichten, was ich gesehen habe!«

Er ergriff sein Gewehr, warf noch einen finsteren Blick auf die in der Ferne sich verlierende Schar, bückte sich und schlüpfte rasch und lautlos in den Busch, wo er am dichtesten war.

Die Expedition war am selben Tag von Trafalgar abgeritten, an dem das Pferd des jungen Broadhurst schaumbefleckt und geängstigt zum alten Stall heimgaloppiert war. Inspektor Burton, ein energischer und gewandter Mann, führte das Kommando. Er hatte Braxton, den jungen Iren, und einen anderen Gendarmen namens Thompson als Vorhut vorausgesandt. Er selbst war von hagerer Gestalt und trug einen grauen Vollbart; er ritt noch so aufrecht wie im Jahr '39, als wir zusammen eine Hütte an einem Platz bauten, der jetzt zur Burke Street in Melbourne gehört. Die Hauptmacht bestand aus mehreren Gendarmen, einem Schafhirten und einigen Goldgräbern; Chicago Bill bildete mit einem anderen die Nachhut, und so hatte die ganze Abteilung ein Aussehen, das zwar bei Weitem nicht »militärisch«, aber doch entschieden kriegerisch wirkte.

Sie lagerten diese Nacht siebenzehn Meilen von Trafalgar entfernt; am nächsten Tag rückten sie bis zu dem Punkt vor, wo sich die Straße mit der nach Stirling kreuzt. Am dritten Morgen erreichten sie das Ufer des Wawirra, den sie überschritten. Hier wurde Kriegsrat gehalten, da sie, nach ihrer Ansicht wenigstens, nunmehr Feindesland betraten. Auf dem Buschpfad bis hierher waren sie mehrmals Schafherden und Reitern begegnet: Diese Gegend schien als Unterschlupf für verzweifelte Buschklepper demnach wenig geeignet. Aber über dem Wawirra drüben ragten die fast unzugänglichen Tapuberge in die Wolken: Durch ein ins Gebirge eingeschnittenes wildes Tal führte der Goldgräberpfad hinauf nach Bluemansdyke. Alle waren einig darüber, dass der Feind sich hier verbarg. Die Frage war, welchen Weg man einschlagen wollte, um den Mördern beizukommen; denn dass ein Mord geschehen war, daran zweifelte keiner mehr.

Über den Schlachtplan im Allgemeinen waren alle einer Ansicht: die Mörder geradewegs überfallen, so viele als möglich sogleich erschießen und den Rest nach Trafalgar führen, um sie dort zu hängen. Das war der Hauptplan. Aber wie man sie finden sollte, dieser Punkt wurde nach allen Seiten hin erörtert. Die Gendarmen wollten einfach zureiten und sich auf ihr gutes Glück verlassen, um die Gauner abzufangen. Die Goldgräber meinten, man solle eher einen benachbarten Gipfel ersteigen und von dort aus die Gegend überblicken; vielleicht würde man einen Anhaltspunkt über ihr Verbleiben finden. Chicago Bill mit seinen weniger optimistischen Ansichten meinte: »Die haben sich längst aus dem Staub gemacht. Die haben gewusst, dass der Gaul heimging, und bombensicher haben sie eine Wache an der Straße gehabt, um sie zu warnen. Ich mein, Jungs, wir reiten am besten zu und tun, was wir können.« Nach einer kleinen Diskussion wurde Chicagos Vorschlag angenommen, und alle zusammen ritten weiter.

Immer großartiger und wilder wurde die Gegend. Berge von tausend und mehr Metern Höhe ragten steil auf beiden Seiten des engen Pfades gen Himmel. Der Sturmwind und Platzregen der letzten Tage hatte viel Geröll und Felsblöcke zu Tal gebracht, sodass der Weg an vielen Stellen fast unpassierbar geworden war. Verschiedene Male mussten sie absteigen und ihre Pferde am

Zügel führen. »Wir haben es nicht mehr weit, Jungs«, bemerkte der Inspektor und deutete auf eine große, finstere Felsschlucht, die zwischen zwei senkrechten Felswänden vor ihnen klaffte: »Hier sind sie oder nirgends!« Als sie etwas höher waren, wurde der Weg besser, und sie kamen schneller vorwärts. Sie öffneten ihre Pistolentaschen und nahmen die Gewehre vom Rücken: Vor ihnen lag die große Felsschlucht von Bluemansdyke, der wildeste Teil der Tapuberge. Nichts war zu sehen; es herrschte Grabesstille. In einer kleinen Einsenkung wurden die Pferde zurückgelassen; die ganze Abteilung stieg, jedes unnötige Geräusch vermeidend, zu Fuß weiter. Die Sonne schien heiß und hell auf den engen Trampelpfad, der von großen gelben Gesteinsbrocken und Farnbüschen eingefasst war. Immer noch kein Lebenszeichen! Dann hörte man leise, aber deutlich einen Pfiff von einem der zwei Gendarmen, die vorausgingen: Offenbar hatten sie etwas entdeckt, und der ganze Trupp stürmte ihnen nach. Es war die richtige Szenerie für Bluttaten. Auf der einen Seite des Weges gähnte ein schwarzer Abgrund, auf der anderen öffnete sich die düstere Schlucht. Hier machte die Straße eine scharfe Wendung. Gerade bei dieser war der Boden frisch verstampft, als hätte ein Kampf stattgefunden. Zweifellos waren sie an der Stelle, wo die zwei jungen Goldgräber ermordet worden waren. In dem weichen Ton war noch der Eindruck eines Pferdekörpers zu sehen und die Eindrücke seiner Hufe, die es gemacht hatte, als es im Todeskampf wild um sich schlug. Hinter einem der Felsen waren Fußspuren zu sehen; eine leere Revolverpatrone lag in einem Farnbusch. Die ganze Tragödie war klar daraus zu lesen: Die zwei jungen Männer, unvorsichtig im Bewusstsein ihrer Jugendkraft, waren um die Biegung geritten, zwei Schüsse krachten, zwei Todesschreie, ein brutales Lachen, die Hufschläge eines davongaloppierenden Pferdes, und alles war vorüber.

Was sollte man jetzt tun? Nirgends ringsum fand man frische Spuren. Sechs Tage waren seither vergangen, das Nest war leer. Endlich fand der Amerikaner, der Fährten folgen konnte wie ein Bluthund, einige Spuren, die zu einem rohen Felshaufen nördlich der Schlucht führten. In einer Spalte fand man die Überreste von drei Pferden. Nahe dabei sah die Krempe eines alten Strohhutes aus dem weichen Lehm hervor. Der Schafhirt Hartley wollte ihn herausziehen; er fuhr zurück, indem er seinem Freund Murphy zuflüsterte: Es liegt ein Kopf darunter! Ein paar Spatenstiche, und alle erkannten die Züge des »krummen Johnny«, eines armen reisenden Fotografen, der in der ganzen Kolonie bekannt und seit einiger Zeit verschwunden war. Der Leichnam war schon halb verwest. Neben ihm lag ein anderer und noch einer. Im Ganzen lagen dreizehn Opfer dieser Räuber hier im weichen Lehm ...

Hier, vor diesen traurigen Überresten, legten die Männer das Gelübde ab, auf alle eigenen Interessen und auf alle Bequemlichkeit für einen Monat Verzicht zu leisten, um die armen Burschen zu rächen, die hier abgeschlachtet und gleich Hunden verscharrt worden waren. Der Inspektor entblößte sein graues Haupt, als er den feierlichen Schwur tat, und seine Kameraden folgten dem Beispiel. Dann wurden die Leichen mit einem kurzen Gebet in ein tieferes Grab versenkt, ein einfacher Steinhaufen wurde darüber aufgerichtet, und die elf Männer machten sich auf, ihren Racheschwur auszuführen.

Drei Wochen waren verstrichen, drei Wochen und zwei Tage. Die Sonne warf ihre letzten Strahlen über das große Stück Buschland, das sich, unbekannt und unerforscht, am östlichen Abhang der Tapuberge erstreckt. Außer einzelnen kühnen Abenteurern hatte sich nie jemand in diese trostlose Gegend gewagt; an diesem Herbstabend jedoch standen zwei Männer auf einer kleinen Lichtung mitten im Busch. Sie koppelten eben ihre Pferde an und bereiteten offenbar ihr Nachtlager vor. Die beiden waren mager geworden und sahen heruntergekommen und zerlumpt aus. Es waren der junge irische Gendarm und Chicago Bill, der Amerikaner.

Die Abteilung hatte zusammen die Bergschluchten, jedes Tal, jede Einsenkung durchsucht und sich schließlich in kleinere Gruppen aufgelöst. Sie hatten einen Platz ausgemacht, wo sie sich an einem bestimmten Tag wieder treffen wollten, und durcheilten die ganze Gegend, um eine Spur von den Mördern zu entdecken. Foley und Anson waren in den Bergen zurückgeblieben, Murdoch und Murphy suchten das Land gegen Rathurst zu ab, Summerville und der Inspektor verfolgten den Lauf des Wawirra aufwärts, während die übrigen in drei Abteilungen das östliche Buschland durchzogen.

Der Gendarm wie der Goldgräber schienen müde und enttäuscht zu sein. Der eine hatte sich Hoffnungen auf Ruhm und die vielbegehrten Streifen gemacht, die ihn über seine Kameraden erheben würden; der andere war nur einem ungefähren, wilden Gerechtigkeits- und Vergeltungsgefühl gefolgt. Beide warfen sich schwerfällig zu Boden. Sie brauchten kein Feuer anzuzünden: einige alte Brotkanten und ein wenig roher Schinken bildeten ihren ganzen Proviant. Braxton holte ihn aus den Satteltaschen und gab seinem Kameraden eine Portion davon. Ohne ein Wort zu sagen, verzehrten sie ihr einfaches Mahl. Endlich brach Braxton das Schweigen.

»Wir spielen unseren letzten Trumpf aus«, sagte er.

»Und verflucht ärmlich ist der«, erwiderte der andere.

»Na, Kamerad«, fuhr er fort, »wenn das verteufelte Gezücht uns jetzt in den Weg läuft, meinst du nicht, wir brennen am besten durch und auf nach Trafalgar?«

Braxton lächelte. Chicagos unerschrockener

Mut war in der ganzen Kolonie zu sehr bekannt, als dass er die Worte hätte ernst nehmen können.

»Am besten wäre es«, sagte er, »wenn wir uns umsehen, wo wir sind, bevor es dunkel wird.« Er stand auf, lehnte seine Flinte an den Stamm eines blauen Gummibaums und schwang sich mithilfe einiger herabhängender Äste ins Gezweig.

»Seine Seele ist zu groß für seinen Körper«, murmelte der Amerikaner, als er die dunkle, geschmeidige Gestalt des kleinen Iren rasch in die Höhe klettern sah.

»Was siehst du, Jack?«, rief er, als der Gendarm den obersten Ast erklommen hatte und die Gegend ringsum betrachtete.

»Busch, Busch, nichts als Busch«, sagte die Stimme in den Blättern droben; »wart noch kurz; im Nordosten, um die drei Meilen von hier, ist so eine Art Hügel. Doch«, fuhr sie nach einer Pause fort, »dort ist nichts für uns zu holen; es ist ein kahler, felsiger Platz.«

Chicago ging unten auf und ab.

»Der bleibt auch eine Ewigkeit droben«, murmelte er, als bereits zehn Minuten verstrichen waren. »Ah, da kommt er ja!«

Der Gendarm landete direkt vor ihm auf dem Boden.

»Na, was hast du denn? Was zum Henker ist denn los, Jack?«

Irgendetwas war los. Das war offenkundig. Braxtons bleiche Wangen waren gerötet, und seine blauen Augen blitzten.

»Bill«, sagte er und legte seine Hand dem Kameraden auf die Schulter, »es ist Zeit, dass du durchbrennst.«

»Wie? Was meinst du?«

»Ich meine, dass die Mörder keine Stunde weit von uns weg sind und dass ich auf sie loswill. Ich sah Rauch auf der Spitze jenes Hügels, und das war kein ehrlicher, kein anständiger: Rauch von trockenem Holz, weißt du, der nicht ruchbar werden soll! Ich dachte erst, es sei Nebel, aber nein, es war Rauch. Ich kann's beschwören. Das können nur sie sein: Wer sonst würde auf einem solchen Hügel übernachten? Wir haben sie, Bill; wir haben sie so sicher wie nur etwas!«

»Oder sie haben uns«, brummte der Amerikaner. »Doch nimm da mein Glas; klettre rasch hinauf und lug nach ihnen aus!«

»Es ist zu dunkel jetzt«, sagte Braxton, »wir

wollen uns ruhig niederlegen. Die stören wir nicht! Die bleiben dort liegen, bis über die ganze Geschichte Gras gewachsen ist, verlass dich darauf; morgen früh nehmen wir sie fest!«

Der Goldgräber sah kläglich an dem Baum hinauf und betrachtete dann seine plumpen, klotzigen Glieder.

»Ich denk, ich muss dir glauben«, brummte er; »du bist ja Buschmann genug, um Rauch von Nebel und Rauch von trockenem Holz von dem von nassem zu unterscheiden. Bis wir unseren Weg sehen, können wir nichts tun, als die Nacht zu verschlafen.«

Braxton schien ihm beizustimmen: nach kurzer Vorbereitung wickelten sich die Männer in ihre Mäntel und lagen wie zwei kleine schwarze Punkte auf dem großen grünen Teppich des uralten Busches.

Als es im Osten zu dämmern begann, erhob sich Chicago und weckte seinen Kameraden. Schwerer Nebel hing über dem Buschland. An ihrer Kleidung glitzerten Tautropfen. Diese streiften sie sich gegenseitig ein wenig ab und hockten sich nach Buschart zu ihrem schlichten Frühstück nieder. Allmählich schien der Nebel sich ein wenig zu lichten: Sie konnten auf fünfzig Meter nach jeder Seite die Bäume unterscheiden. Der Goldgräber wandelte schweigsam auf und ab und kaute ein Stück Tabak. Braxton saß auf einem umgestürzten Stamm und putzte und ölte seinen Revolver. Plötzlich fiel ein Sonnenstrahl auf den schlanken Gummibaum. Immer breiter wurde er; bald war der Nebel weggeschmolzen, und die gelben Blätter glänzten wie Gold im heiteren Schein der Morgensonne. Braxton lud mit Sorgfalt seinen Revolver und steckte ihn wieder in seine Tasche. Chicago begann leise zu pfeifen und hielt mitten im Gehen an:

»Jetzt, Junge«, sagte er, »nimm hier das Glas!«

Braxton hing es sich um den Hals und bestieg den Baum wieder wie am Abend zuvor. Es war für ihn ein Kinderspiel. Bald war er oben: Er rutschte auf einem Ast zweihundert Fuß vom Erdboden hinaus, bis der Ausblick nicht mehr durch das Blätterwerk gehemmt war. Nunmehr hob er das Glas an sein Auge und untersuchte jeden Busch, jeden Stein.

Eine Stunde blieb er regungslos sitzen. Sein Gesicht war ernst und nachdenklich, als er wieder erschien.

»Sind sie da?«, lautete die etwas ärgerliche Frage des Amerikaners.

»Jawohl; sie sind da.«

»Wie viele?«

»Ich hab nur fünf gesehen, aber es könnten mehr sein. Lass mich ein wenig nachdenken, Bill.«

Der Goldgräber warf einen Blick auf ihn, der all seine Hochachtung vor dem Denken in sich trug. Den Kopf anzustrengen, war nicht seine starke Seite.

»Hol mich der und jener, wenn ich dir darin helfen kann«, meinte er im Selbstgespräch. »Nachdenken und ausdenken ist für meine Natur nicht natürlich. Mangel an Bildung, schätz ich.«

Endlich begann Braxton: »Komm mal, Alter, setz dich neben mich und horch, was ich dir sage. Du weißt, Bill, du bist als Freiwilliger mitgekommen, du bist nicht verpflichtet, mich zu begleiten; ich dagegen tue nur meine Pflicht. Dich kannte man in der ganzen Kolonie, schon als ich noch in den Windeln lag. Jetzt, Bill, pass auf: Es ist viel, was ich von dir verlange! Wenn wir zusammen die Vögel fangen, kriegst du eine neue Feder an den Hut, und zwar du allein. Was weiß man vom Gendarmen Jack Braxton? Er würde kaum in der Geschichte erwähnt werden. Jetzt möchte ich mir heut einen Namen machen, verstehst du? Sobald es dunkel wird, müssen wir die Gauner überraschen; das ist für einen entschlossenen Mann so leicht wie für zwei; vielleicht noch leichter, weil die Wahrscheinlichkeit, entdeckt zu werden, geringer ist. Bill, ich bitte dich, bleib mit den Pferden hier und lass mich allein gehen!«

Chicago sprang mit entrüsteter Miene auf und ging einige Schritte vor dem umgestürzten Baum auf und ab. Dann schien sich seine Erregung zu legen: Er setzte sich wieder.

»Sie würden dich in Fetzen hauen, du Narr«, sagte er, indem er seine Hand auf Braxtons Schulter legte. »Das würde was nützen!«

»Nicht im Geringsten«, antwortete der Gendarm, »ich würde auch deinen Revolver mitnehmen!«

»Mein Name wäre ruiniert«, sagte Bill.

»So weit dringt die Verleumdung nicht. Du könntest mir diese Gelegenheit wohl lassen!«

Bill barg sein Gesicht in den Händen und sagte eine Weile nichts. Dann brach er das Schweigen:

»Gut, Freund, ich will mich um die Pferde kümmern!«

Braxton ergriff seine Rechte. »Wenige hätten das getan, Bill; du bist ein treuer Freund! Jetzt, Alter, wollen wir die Zeit totschlagen, so gut wir können, bis es Abend wird; erst eine Stunde nach Einbruch der Dämmerung breche ich auf; bis dahin ist es noch lange! –«

Langsam schlichen die Stunden dahin. Der Gendarm lag im Moos unter dem großen blauen Gummibaum, in ernste Gedanken versunken. Ein, zwei Mal glaubte er zu hören, wie der Goldgräber versteckt vor sich hin kicherte und auf seinen Schenkel schlug, das übliche Zeichen, dass er vergnügt war; aber als er zu diesem Kerl hinüberblickte, war dessen Gesichtsausdruck so feierlich, als sei er im Begriff, einem Leichenbegängnis beizuwohnen, sodass er sich offenbar getäuscht hatte. Sie nahmen ihre einfachen Mahlzeiten mit herzlichem Appetit ein. Nunmehr, da der Gegenstand ihrer Sorge in Sicht war, hatte sich ihre Stimmung entschieden gehoben. Chicago erzählte eine Reihe von Erinnerungen aus seinem Leben im Wilden Westen. Der Gendarm holte ein ehrwürdiges Kartenspiel aus seiner Satteltasche; aber die Schwierigkeit, den Kreuzkönig vom Herzass zu unterscheiden, vermieste beiden die Freude am Spiel. Immer tiefer sank die Sonne am Himmel. Dunkel war es bereits in der kleinen Lichtung, nur der entfernte Hügel war noch golden gefärbt; und dann wurde auch dieser purpurn, ein Stern flimmerte am Himmel auf und die Nacht breitete ihren Mantel über die Szene.

»Leb wohl, Alter«, sagte Braxton. »Ich lasse meinen Karabiner da, er würde mir nur lästig sein. Ich kann dir nicht genug danken, dass du mir diese Gelegenheit ließest. Wenn sie mich kaltmachen, Bill, so lass sie nicht aus den Augen; du wirst den anderen sagen, dass ich starb wie ein Mann. Ich habe keine Freunde noch Verwandte mehr; ich besitze nichts als dies Kartenspiel. Nimm es, Bill; '51 war es ein feines Spiel! Wenn du morgen früh Rauch auf dem Hügel siehst, ist alles gutgegangen; dann kommst du mit den Pferden. Wenn nicht, so reite zum verabredeten Platz – reit Tag und Nacht, Bill! –, teil dem Inspektor mit, dass du weißt, wo die Gauner sind, dass Braxton gefallen ist und dass er ihm sagen lasse, er solle diese Mörderbande gefangen nehmen, sonst würde Braxton selbst von den Toten auferstehen und die Kerls abführen! Tu dies, Bill! Und jetzt, leb wohl!«

Es war eine lange, mühsame Nacht für Braxton. Da er jeden Augenblick auf einen Vorposten der Buschklepper stoßen konnte, musste er wie eine Schlange durch die Büsche gleiten. Er war ein erfahrener Waldläufer: Kein Zweig krachte, als er dahinschlich. Ein Morast hinderte sein Fortkommen, und so musste er einen weiten Umweg machen; gleich darauf musste ein dichtes Dorngebüsch umgangen werden. Es war stockfinster im Waldesinneren. Dann sah er im Zwielicht seltsame Dinge sich bewegen. Eine große feuchte Eidechse kroch über seine Hand, als er sich durch einen Busch wand; aber er dachte nur an die menschlichen Reptilien vor ihm, die er fangen sollte. Einmal schien es ihm, als verfolge ihn ein Tier; er hörte einen Zweig hinter sich krachen, aber als er stehen blieb und lauschte, hörte er nichts mehr von dem Geräusch, und so ging er weiter.

Als er den Fuß des Hügels erreichte, den er aus der Ferne gesehen, begann erst die größte Schwierigkeit seines Unternehmens. Der Hügel war beinahe konisch und sehr steil. Die Abhänge waren mit lockeren Steinen, nur gelegentlich mit einem größeren Felsblock besät. Bei einem einzigen falschen Schritt würde dieses lose Geröll mit großem Lärm hinunterpoltern. Der Gendarm entledigte sich seiner hohen Lederstiefel und begann mit der größten Vorsicht hinanzusteigen, indem er jeden Felsblock als Deckung benutzte.

Weit vorne am Horizont war ein fahler Lichtstreifen zu sehen, aber so schwach er war, es genügte, um die Gestalt eines Mannes oben auf dem Hügel sichtbar werden zu lassen. Es war offenbar eine Wache: unter seinem rechten Arm trug er eine Flinte. Der Mann ging auf dem kleinen Plateau oben auf dem Hügel auf und ab und blieb nur hie und da stehen, um in das dunkle Nebelmeer hinabzublicken. In der schwachen, kraterförmigen Einsenkung des kleinen Plateaus stand mittendrin ein großes, weißes Zelt. Mehrere Pferde waren ringsherum angekoppelt; getrocknetes Gras und allerlei Geschirr lag unordentlich herum. Jetzt konnte man die Einzelheiten wohl unterscheiden, da der graue Lichtschimmer im Osten heller und heller geworden war und sich allmählich immer weiter ausgebreitet hatte. Man konnte auch das Gesicht der Wache sehen, die oben ihre Runden machte: ein hübsches, hageres Gesicht, aus dem weniger Bosheit als Mangel an Charakter sprach.

Der Mann schien in freudige Erinnerungen versunken zu sein; die Vögel fingen an zu singen; ihre tausend Stimmen erhoben sich im Busch drunten. Er vergaß die gefälschten Wechsel offenbar, die traurige Reise, die wilde Flucht in die Tapuberge, denn sein Auge wurde feucht und er summte ein kleines Volkslied aus seiner Heimat vor sich hin. Er gedachte wieder der Heimat, seiner Mutter, seiner Nelly, und glaubte das efeuumrankte Kirchlein des Städtchens vor sich zu sehen. Hätte er hinuntergeschaut, so würde er etwas erblickt haben, das nicht in das friedliche Bild passte: ein blasses Gesicht, das ihn über einen Vorsprung hinweg anstarrte …

Für den Gendarm war die Zeit zum Handeln gekommen. Er lag hinter dem letzten Felsvorsprung; zwischen ihm und dem kleinen Plateau war nichts als lockeres Geröll zu erblicken. Er hörte das Liedchen der Wache, als sie sich entfernte; er zog sein Seitengewehr und mit den Revolvern in der Linken sprang er wie ein Tiger auf das Plateau.

Das Poltern fallender Steine weckte die Wache aus ihren Träumen. Sie fuhr auf und spannte den Hahn. Kein Wunder, dass sie zu Tode erschrocken nach Luft schnappte: diese dunkle, barfüßige Gestalt mit den glitzernden Knöpfen bedeutete für sie den Galgen. Der Posten sah, wie sie sich auf das Zelt stürzte: eine Klinge blitzte, die Zeltstange krachte und das schwere Dach stürzte rauschend auf die darunterliegenden Schläfer. Durch das Geschrei und Fluchen hindurch tönte der ruhige Befehl des Iren: »Ich habe zwölf Schüsse zur Verfügung. Ich hab euch! Hands up! Hands up!, sag ich, oder ich bring euch um! Wer sich rührt, ist eine Leiche!« Braxton bückte sich und hob mit der Linken das Zelttuch ein wenig an: darunter lagen die sechs Buschklepper, wie sie erwacht waren, aber die Hände über den Köpfen: Widerstand gegen diesen ruhigen Befehl, der noch durch die zwei schwarzen Mündungen Nachdruck erhielt, schien unmöglich; sie waren überzeugt, dass sie von allen Seiten umringt waren. Keiner dachte auch nur im Traum daran, dass die ganze angreifende Macht vor ihnen stand. Der Posten war der erste, der den ganzen Sachverhalt zu durchschauen begann. Es regte sich nichts; nirgends ein Zeichen von Verstärkung! So schlich er sich denn zum Zelt heran. Er war schon zu Hause ein guter Schütze gewesen. Er legte auf Braxton an. Dieser hörte wohl das verdächtige Geräusch, wagte es aber nicht, ein Auge oder seine Waffe von den sechs Gefangenen abzuwenden. Der Posten nahm ihn aufs Korn. Er wusste, dass sein Leben von diesem Schuss abhing. Jetzt war mehr Bosheit als Schwäche auf seinem Gesicht zu lesen. Er wartete einen Augenblick, um genau zu zielen; dann – hörte Braxton ein Krachen und einen schweren Fall. Aber die Flinte der Wache war nicht abgefeuert worden, Braxton stand immer noch auf seinem Platz, während die Wache sich mit durchschossener Lunge am Boden wälzte. »Siehst du«, sagte Chicago, als er hinter einem Felsen hervortrat, mit seiner noch rauchenden Flinte in der Hand, »es kam mir mächtig blödsinnig vor, dich allein gehen zu lassen, Jack; es wär schlauer, dacht ich mir, mitzulaufen und zuzusehen, ob ich vielleicht nötig wäre, und das war ich, das kannst du nicht leugnen.« – »Nein, nein«, fügte er hinzu, als die Wache nach ihrer Flinte greifen wollte, die neben ihr lag, »lass das, junger Mann; es liegt nicht für dich da!«

»Ich bin eine Leiche«, wimmerte der verwundete Gauner.

»Dann bleib hübsch still liegen, wie sich's für eine anständige Leiche ziemt«, erwiderte der Goldgräber, »und lass deine Flinte liegen! Ist das ein Benehmen?«

»Komm her, Bill«, rief Braxton, »und bring die Stricke, mit denen die Pferde dort angekoppelt sind. Jetzt«, fuhr er fort, als der Amerikaner, inzwischen im Besitz der Waffe des Verwundeten, mit den Stricken erschien, »fessle diese Burschen, und wer sich rührt, den erschieße ich!«

»Eine hübsche Arbeitsteilung, nicht wahr, altes Rhinozeros«, sagte Chicago, indem er dem einäugigen Maloney lustig auf den Kopf patschte. »Komm her, der größte Spitzbube hat den Vorrang!« Mit diesen Worten fesselte er ihn mit der größten Sorgfalt.

Einer nach dem anderen wurde gefesselt, mit Ausnahme des Verwundeten, der es nicht mehr nötig hatte. Dann holte Chicago die Pferde, während Braxton als Wache zurückblieb; gegen Mittag setzten sie sich in Bewegung durch den Wald in Richtung auf den verabredeten Platz. Voraus, auf ein Pferd gebunden, der Verwundete, nach ihm, der Sicherheit wegen zu Fuß, die gefesselten Buschklepper und als Nachtrab der Gendarm und Chicago.

An der verabredeten Stelle fand sich ein trauriges Trüppchen ein. Nacheinander waren sie eingetroffen, von der Sonne gebräunt, von Dornen zerfetzt, von den giftigen Dünsten des Sumpflandes geschwächt, alle enttäuscht und ausgezehrt. Summerville und der Inspektor waren oberhalb der oberen Furt mit Schwarzen zusammengestoßen und mit Mühe dem Tod entronnen. Foley und Anson befanden sich wohl, nur hatten die Entbehrungen sie hart mitgenommen. Hartleys Pferd war einem Schlangenbiss zum Opfer gefallen. Murdoch und Murphy waren bis Rathurst gekommen, aber ohne Erfolg. Sie warteten nur noch auf ihre zwei Kameraden, um nach Trafalgar zurückzukehren.

Es war um Mittag; mitleidlos sandte die Sonne ihre Strahlen auf die kleine Lichtung. Die Leute lagen im Schatten der Bäume; zum Teil vertrieben sie sich die Zeit mit Rauchen, zum Teil schliefen sie, den Hut übers Gesicht gezogen. Die Pferde waren hier und dort zerstreut und schauten nicht fröhlicher drein als ihre Besitzer. Nur der alte Klepper des Inspektors schien über die allgemeine Stimmung erhaben zu sein: Es war ein schnellfüßiges, gleichgültiges altes Tier, das die halbe Welt gesehen hatte und in der Jägerei fast so bewandert war wie sein Herr. »Abgesehen vom Klettern«, pflegte Chicago von ihm zu sagen, »gibt's nichts auf der Welt, was dieses Pferd nicht könnte; und wenn man es dazu antriebe, würd's noch ein verteufelt gutes Stück hinaufklettern!« Der alte »Sägebock« schien diesen Mittag gut aufgelegt zu sein. Zwei Mal schon hatte er die Ohren gespitzt und einmal den Kopf erhoben, als wollte er wiehern, aber er hielt inne, um sich nicht zu verraten. Der Inspektor sah ihm neugierig zu und legte seine Meerschaumpfeife wieder in ihr Etui zurück.

»Er hört was«, sagte er. »Bei Gott, ich auch! Auf, Jungs! Es kommt eine Abteilung Leute!« Alle sprangen zu ihren Pferden. »Ich höre Hufschläge und Schritte. Es scheinen viele zu sein. Sie kommen geradewegs auf uns zu. Versteckt euch, Jungs, und haltet euch bereit!« Nach einigen Augenblicken war der Platz verlassen; nur da und dort lugte ein dunkler Gewehrlauf aus dem hohen Gras und den Farnen und verriet, wo sie im Hinterhalt lagen. »Passt auf, Jungs!«, sagte Burton, »wenn es Feinde sind, gebt erst Feuer, wenn ich kommandiere! Dann schießt hintereinander und lasst den Rauch sich verziehen! Buschklepper, bei Gott!«, fügte er hinzu, als ein Reiter in der Lichtung erschien, dessen Kopf auf dem Hals seines Pferdes hing. »Noch mehr«, brummte er, als an derselben Stelle mehrere Männer aus dem Busch tauchten. »Himmel und Hölle, sie sind gefangen! Ich sehe ihre Fesseln! Hurra!« Im nächsten Augenblick waren Braxton und Chicago von neun schießenden und tanzenden Männern umringt, die ihnen die Hände schüttelten und auf den Rücken schlugen und sie dermaßen mit Freudenbeweisen überschütteten, dass Maloney finster vor sich hin knirschte:

»Hätten wir so viel Grütze im Schädel gehabt, sie auch so zu empfangen, so wären wir heute frei!«

Der Rest ist rasch erzählt. Als die Gefangenen

in Trafalgar ankamen, wurden sie beinahe gelyncht; Maloney, der Hauptspitzbube, sagte gegen seine Mitschuldigen aus und entging so auf gesetzlichem Weg dem Galgen. Mein Freund Braxton ist jetzt Offizier, und zwar immer noch in Trafalgar. Bill sah ich zuletzt im Jahr '61; seit er eine Schaffarm übernahm, hat er an Gewicht zugenommen, doch sieht er gut und vergnügt aus. Der alte Inspektor hat jetzt eine Farm bei Rathurst. Obwohl er ein tapferer Kamerad ist, wird er sich doch, denke ich, eines Schauers nicht erwehren können, wenn er zum Donnerstagmarkt nach Trafalgar hinunterreitet und die scharfe Kurve an der Straße nimmt, wo die Böschung liegt und der Ginster sich so gelb vom roten Lehm abhebt …

Mein Freund, der Mörder

»Nummer dreiundvierzig geht es nicht besser, Herr Doktor«, sagte der Oberwärter mit etwas vorwurfsvoller Stimme, indem er seinen Kopf zu meiner Tür hereinsteckte.

»Der Henker soll ihn holen!«, antwortete ich hinter meinem Zeitungsblatt hervor.

»Einundsechzig behauptet, er habe Schmerzen in der Nierengegend. Könnten Sie ihm nicht helfen?«

»Er ist eine wandelnde Apotheke«, erwiderte ich. »Er hat bereits das gesamte britische Arzneibuch geschluckt. Ich glaube, seine Nieren sind so gesund wie die Ihrigen.«

»Dann Nummer sieben und hundertacht, die sind schon lange krank«, fuhr der Wärter fort, indem er einen Blick auf einen kleinen Zettel in seiner Hand warf. »Und achtundzwanzig wollte

76

gestern nicht arbeiten: Er behauptet, wenn er etwas hebe, so fühle er Seitenstiche. Wenn es Ihnen nichts ausmacht, Herr Doktor, so kommen Sie, bitte, und schauen Sie nach ihm. Ferner einunddreißig – der, welcher John Adamson in der Handelsbrigg ›Korinth‹ erschlug –, der hat eine grässliche Nacht hinter sich; die ganze Zeit brüllte und stöhnte er und war nicht zu beruhigen!«

»Gut, ich will nachher nach ihm sehen«, sagte ich, indem ich meine Zeitung beiseiteschob und mir eine Tasse Kaffee einschenkte. »Sonst haben Sie nichts zu melden, Wärter?«

Er schob seinen Kopf noch ein wenig weiter zur Tür herein. »Verzeihen Sie, Herr Doktor«, sagte er in vertraulichem Ton, »aber wie ich bemerkte, hat sich zweiundachtzig ein wenig erkältet, und es wäre ein guter Vorwand für Sie, ihn zu besuchen und vielleicht etwas mit ihm zu plaudern.«

Ich starrte dem Mann erstaunt ins Gesicht.

»Ein Vorwand«, sagte ich, »ein Vorwand? Was zum Teufel schwatzen Sie denn für Zeug, McPherson? Den ganzen Tag plage ich mich mit meinen anderen Kranken ab, wenn ich nicht nach den Gefangenen sehe, und komme jeden Abend nach Hause müd wie ein Hund, und Sie schwatzen jetzt von einem Vorwand, den ich brauche, um noch mehr zu arbeiten? Was glauben Sie denn eigentlich?«

»Es würde Ihnen Vergnügen bereiten«, antwortete der Wärter, indem er eine seiner Schultern ins Zimmer schob. »Die Geschichte dieses Menschen ist wert, angehört zu werden, sollten Sie ihn zum Erzählen bringen; er ist allerdings nicht sehr gesprächig, der Mann. Vielleicht wissen Sie nicht, wer zweiundachtzig ist?«

»Nein, und ich will's gar nicht wissen«, sagte ich, da ich überzeugt war, dass er mir irgendeinen einheimischen Spitzbuben als weiß Gott was für eine berühmte Persönlichkeit andrehen wollte.

»Es ist Maloney«, bemerkte mit Pathos der Wärter, »der, welcher nach den Mordtaten von Bluemansdyke gegen seine Gefährten aussagte und so dem Galgen entging.«

»Wie, wirklich?«, rief ich und stellte erstaunt meine Tasse hin. – Ich hatte von dieser geheimnisvollen Serie von Morden gehört und in einer Londoner Zeitschrift einen Aufsatz darüber

gelesen, lange bevor ich mich in Australien nie-
derließ. Ich erinnerte mich, dass diese Gräuel-
taten die Verbrechen eines Burke und Hare
völlig in den Schatten gestellt hatten und dass
einer der Allerniederträchtigsten der Bande seinen Hals aus der Schlinge gezogen hatte, indem
er seine Genossen verriet. – »Sind Sie sicher?«,
fragte ich.

»Oh, gewiss, er ist es ganz bestimmt. Fragen
Sie ihn nur ein wenig aus und Sie werden sich
wundern! Der Maloney ist's wert, dass man
ihn kennt; das heißt, mit Maß und Ziel!« Der
Kopf grinste bei diesen Worten, nickte und verschwand. Ich hatte Zeit, mein Frühstück zu be-
enden und über das Gehörte nachzudenken.

Um den Posten eines Arztes in einem austra-
lischen Gefängnis ist man nicht zu beneiden.
Vielleicht ist es in Melbourne oder Sydney noch
erträglich, aber das Städtchen Perth bot wenige
Reize, und diese wenigen waren längst erschöpft.
Das Klima war abscheulich und die Gesellschaft alles andere als angenehm. Schafe und
Vieh bildeten das Haupterzeugnis der Gegend,
ihre Preise, Zucht und Krankheiten den wich-
tigsten Gesprächsstoff. Da ich nun als Fremder

nichts davon verstand und mich nicht sehr dafür interessierte, schon weil ich kein Vieh besaß, befand ich mich in einem Zustand geistiger Isolation, und so war ich erfreut über jede Kleinigkeit, welche die Eintönigkeit meines Lebens unterbrechen konnte. Der Mörder Maloney besaß zumindest eine stark ausgebildete Persönlichkeit und konnte ein gutes Gegenmittel für ein Gemüt bilden, das krank war von den Niederungen des Alltags. Ich beschloss, dem Rat des Wärters zu folgen und den genannten Grund vorzuschützen, um die Bekanntschaft Maloneys zu machen. Als ich daher meine übliche Morgenrunde machte, drehte ich den Schlüssel an der Tür um, die seine Nummer trug, und trat in die Zelle ein.

Der Mann lag bei meinem Eintritt auf seinem ärmlichen Bett; er stützte sich auf seine langen Arme, richtete sich auf und sah mich mit einem frechen, misstrauischen Blick an, der keine gute Einleitung für unsere Unterhaltung zu sein schien. Er hatte ein bleiches Gesicht, helle Haare, einen roten Bart und ein einziges stahlblaues Auge mit katzenartigem Ausdruck. Er war groß und muskulös gebaut; nur seine Schultern hatten eine etwas abnorme Form. Ein oberflächlicher Beobachter indes hätte ihn, was das Allgemeine anbelangt, für einen ganz hübschen, wohlproportionierten Kerl mit guten Umgangsformen gehalten: Selbst in der hässlichen Uniform dieser verlotterten Strafanstalt wusste er sich ein gewisses feineres Aussehen zu geben als die anderen Gauner in den Zellen nebenan.

»Ich stehe nicht auf der Krankenliste«, bemerkte er leicht gereizt. Es lag etwas in dieser harten Stimme, das alle sanfteren Eingebungen zum Verstummen brachte und mich daran erinnerte, dass ich Auge in Auge dem Helden des Lenatales und von Bluemansdyke gegenüberstand, dem blutigsten Buschklepper, der je eine Farm angezündet oder deren Bewohnern die Kehle durchgeschnitten hatte.

»Ich weiß das wohl«, antwortete ich. »Der Wärter McPherson sagte mir jedoch, dass Ihr Euch erkältet hättet, und so dachte ich, ich wollte nach Euch sehen.«

»Der Teufel hol den Wärter McPherson, und Euch dazu!«, brüllte der Sträfling in einem Wutanfall. »Na, so ist's recht«, fügte er mit ruhigerer Stimme hinzu, »gehen Sie nur zum Gouverneur und denunzieren Sie mich! Machen Sie, dass ich weitere sechs Monate oder so kriege – zu dem sind Sie recht!«

»Ich werde Sie nicht denunzieren«, erwiderte ich.

»Acht Quadratfuß Erde«, fuhr er fort, indem er meine Antwort ganz überhörte, »acht Quadratfuß, und nicht einmal das kann ich haben, ohne dass man mich anschwatzt und anglotzt, und – oh, wenn euch nur alle zusammen der Teufel holen wollte!« Er hatte sich wieder ganz in Wut geredet und erhob seine geballten Fäuste über den Kopf, um sie leidenschaftlich drohend zu schütteln.

»Ihr habt offenbar etwas sonderbare Begriffe von Gastfreundschaft«, bemerkte ich, entschlossen, meine Ruhe zu bewahren; ich sagte diese Worte ohne Hintergedanken, nur um überhaupt etwas zu sagen.

Zu meinem Erstaunen machten sie einen außerordentlichen Eindruck auf ihn. Er schien vollständig starr darüber, dass ich seinen Vorschlag anzunehmen schien, für den er so leidenschaftlich gesprochen hatte, nämlich, dass die Zelle, in der er stand, sein Eigen war.

»Verzeihen Sie«, sagte er, »ich wollte nicht grob sein! Wollen Sie nicht Platz nehmen?« Er wies auf einen rohen Bock, der das Kopfstück seiner Bettstatt bildete.

Ich setzte mich, ziemlich erstaunt über den plötzlichen Wechsel in seinem Benehmen. Ich weiß nicht, ob mir Maloney jetzt weniger unangenehm war: Der Mörder war für den Augenblick nicht mehr vorhanden, das ist richtig; aber in seiner sanften Stimme und seinen unterwürfigen Bewegungen lag etwas, das mächtig an den Mann erinnerte, der gegen seine Mordgenossen aufgestanden war und durch sein Zeugnis ihr Leben vernichtet hatte.

»Wie geht's mit Eurer Brust?«, fragte ich in berufsmäßigem Ton.

»Kommen Sie, Doktor, klopfen Sie sie aus, kommen Sie!«, antwortete er und zeigte eine Reihe blitzender Zähne, als er sich wieder auf die Bettkante setzte. »Es war übrigens nicht die Sorge um meine wertvolle Gesundheit, die Sie hierhergeführt hat; die Geschichte machen Sie mir nicht weis! Sie sind hierhergekommen, um sich Wolf Tone Maloney anzusehen, den Falschmünzer, Mörder, Sträfling, Buschklepper und

Staatsankläger. So seh ich etwa aus, hä? Das ist alles, klar und deutlich; 's ist nichts Mittelmäßiges an mir, wie?«

Er machte eine Pause, als erwarte er eine Antwort von mir; als ich indes nichts erwiderte, wiederholte er ein oder zwei Mal: »'s ist nichts Mittelmäßiges an mir!«

»Und warum hätt ich's nicht tun sollen?,« schrie er plötzlich, indem seine Augen Blitze schossen und seine ganze teuflische Natur wieder zum Vorschein kam. »Es war bestimmt, dass wir baumeln sollten, alle zusammen, und die anderen hätten doch gebaumelt, hätte ich mich auch nicht dadurch gerettet, dass ich gegen sie aussagte. Jeder ist sich selbst der Nächste, sage ich, und wen der Teufel holt, der hat noch am meisten Glück. Haben Sie nicht ein Stück Tabak, Doktor, he?«

Er biss in das Stück Kautabak, das ich ihm einhändigte, wie ein wildes Tier in ein Stück Fleisch. Es schien indes seine Nerven zu beruhigen, denn er setzte sich wieder auf den Bettrand und nahm seine alte unterwürfige Miene wieder an.

»Das möchten Sie selbst nicht haben, Doktor«, fuhr er fort, »das genügt, um dem sanftesten Menschen ein wenig die Nerven anzugreifen. Diesmal sitze ich für sechs Monate wegen Raubs und bin unglücklich, dass ich bald wieder raus muss, das kann ich Ihnen sagen. Hier habe ich meinen Frieden; aber wenn ich draußen bin, habe ich keine Aussicht auf ein ruhiges Leben, wegen der Regierung wie wegen Tattooed Tom von Hawkesbury.«

»Wer ist denn das?«, fragte ich.

»Ein Bruder von John Grimthorpe, desselben, der auf meine Aussage hin gehängt wurde, und ein Höllenbuschklepper war er! Teufelsbrut, beide übrigens! Dieser Tätowierte ist ein gemeiner Mordbube: Er hat nach dem Urteil geschworen, mich umzubringen! Es ist jetzt sieben Jahre her, und immer noch verfolgt er mich; ich weiß, dass er es tut, wenn er sich auch versteckt hält und nicht sehen lässt. Er traf mich im Jahr '75 in Ballarat: Hier sehen Sie die Narbe an meiner Hand, wo mich seine Kugel streifte. '76 versuchte er's wieder in Port Philip, aber ich kam ihm zuvor und verwundete ihn schwer; doch drei Jahre darauf erhielt ich einen Messerstich von ihm in einer Bar in Adelaide; so waren wir etwa quitt. Er schleicht wieder in meiner Nähe herum: Er möchte gern ein Loch in meine Haut machen, dass das Tageslicht hineinscheinen kann, wenn nicht – wenn nicht – durch irgendeinen außerordentlichen Zufall ein anderer dasselbe an ihm besorgt.« Maloney grinste dabei auf eine widerliche Weise.

»Übrigens möchte ich mich gar nicht so sehr über ihn beklagen«, fuhr er fort. »Von seinem Standpunkt aus ist dies eine Familienangelegenheit, die er schwerlich vernachlässigen darf. Wer mich in Wut versetzt, ist die Regierung. Wenn ich daran denke, was ich für dieses Land getan habe, und auch, was dieses Land für mich getan hat, so werde ich einfach wütend, dann verliere ich vollständig den Kopf! Man kennt keine Dankbarkeit mehr, nicht einmal die allergewöhnlichsten Anstandsregeln, Doktor!«

Er dachte einige Minuten über seine Verbrechen nach und machte sich daran, mir dieselben im Einzelnen aufzuzählen.

»Es waren neun Männer«, sagte er, »die so an die drei Jahre mordeten und töteten, vielleicht ein Leben pro Woche im Schnitt wird ihre Arbeitsleistung gewesen sein. Die Regierung fängt sie und die Regierung hält einen großen

Prozess ab, kann sie aber nicht überführen; und warum? Weil allen Zeugen die Kehle durchgeschnitten war und sich das ganze Geschäft sehr hübsch und sauber abgewickelt hat. Was passiert da? Es steht ein Bürger auf namens Wolf Tone Maloney, und der spricht: das Land bedarf meiner, und hier bin ich! Und er sagt gegen die Angeklagten aus, überführt die Bande und ermöglicht, dass die Rotte gehängt werden kann. Das tat ich! Es ist nichts Mittelmäßiges an mir! Und was tut das Land zum Dank dafür? Es verfolgt mich wie einen Hund, spioniert mich aus, bewacht mich Tag und Nacht, vergilt so dem Mann, der ihr diesen schweren Dienst erwiesen hat! Das ist eine Hundsgemeinheit. Ich habe ja nicht verlangt, dass sie mich zum Ritter schlagen oder zum Kolonialsekretär ernennen! Aber, hol mich der Teufel, ich habe erwartet, dass sie mich in Ruhe lassen!«

»Na«, erwiderte ich, »wenn Ihr das Gesetz brecht, wo Ihr könnt, und Leute anfallt, könnt Ihr doch nicht verlangen, dass man Euch dies für früher geleistete Dienste hingehen lässt.«

»Ich rede jetzt nicht von meiner gegenwärtigen Gefängnisstrafe, Sir«, sagte Maloney mit

Würde. »Ich rede von dem Leben, das ich seit dem verfluchten Urteil geführt habe und das mir die Seele aus dem Leib frisst. Bleiben Sie noch ein wenig auf dem Bock da sitzen, und will ich Ihnen davon erzählen; dann sehen Sie mir ins Gesicht und sagen Sie mir, ob mich die Polizei anständig behandelt hat. –«

Ich will mir Mühe geben, die Erlebnisse des Sträflings mit seinen eigenen Worten, soweit ich sie noch im Gedächtnis habe, wiederzugeben, indem ich seine sonderbare Auffassung von Gut und Böse beibehalte. Für die Wahrheit der Tatsachen kann ich einstehen. Einige Monate später zeigte mir der frühere Gefängnisgouverneur von Dunedin, Inspektor H. W. Hann, die Einträge in seinem Hauptbuch, die jeden erzählten Fall bestätigten. Maloney erzählte die Geschichte mit dumpfer, eintöniger Stimme, mit gesenktem Kopf, die Hände zwischen seinen Knien. Nur die schnellen Bewegungen seines Auges, das mich an das einer Schlange erinnerte, verriet seine innere Aufregung, welche die Erinnerung an die Vorkommnisse in ihm hervorrief.

*

Sie haben sicher von Bluemansdyke gelesen, begann er, wobei etwas Stolz in seiner Stimme mitschwang. Wir machten ihnen die Verfolgung schwer; aber zuletzt schlugen sie uns nieder, und ein Gendarm namens Braxton nahm uns zusammen mit einem verdammten Yankee fest. Das war in Neuseeland, versteht sich, und sie führten uns nach Dunedin, wo die anderen überführt und gehängt wurden. Einer wie der andere verfluchte mich, bis einem das Blut hätte stillstehen können; das war ein schäbiges Betragen in Anbetracht dessen, dass wir doch alle Kameraden gewesen waren; aber es war eine herzlose Bande und sie dachten nur an sich selber! Ich denke, es ist ganz gut, dass sie aufgeknüpft wurden.

Sie brachten mich wieder ins Loch nach Dunedin, in meine alte Zelle. Der einzige Unterschied gegen vorher war der, dass ich nichts arbeiten musste und gut verpflegt wurde. Ich hielt dies so eine Woche oder zwei aus, bis eines Tages der Gouverneur seine Runde machte und ich ihm den Fall vorlegte.

»Wie ist das zu verstehen?«, sagte ich zu ihm. »Ich wurde begnadigt, und Sie halten mich gegen das Gesetz hier fest?«

Er lächelte vor sich hin. »Würdet Ihr denn so gern das Gefängnis verlassen?«, fragte er.

»So gern«, sagte ich, »dass ich Sie wegen ungesetzlicher Freiheitsberaubung verklage, wenn Sie mir das Tor nicht öffnen.«

Er schien über meinen Entschluss ein wenig erstaunt zu sein. »Ihr seid sehr bemüht, umgebracht zu werden«, sagte er.

»Was? Wie meinen Sie?«, sagte ich.

»Kommt her, dass ich Euch zeige, was ich meine«, antwortete er. Er führte mich den Gang hinunter zu einem Fenster, von dem aus man das Gefängnistor überblicken konnte.

»Seht da hin!«, sagte er.

Ich blickte hinaus: Draußen standen so ein Dutzend rohe Burschen in der Straße, einige rauchten, einige spielten auf dem Pflaster Karten. Als sie mich erblickten, stießen sie ein Geschrei aus und drängten sich ums Tor, indem sie mit den Fäusten drohten und schrien.

»Sie warten auf Euch und haben Wachen aufgestellt«, sagte der Gouverneur. »Es ist die Männer vom Vigilanzkomitee. Indes, da Ihr entschlossen seid, zu gehen, kann ich Euch nicht mehr zurückhalten.«

»Heißen Sie das etwa ein zivilisiertes Land«, schrie ich, »wenn ein Mensch am hellen Tag kaltblütig abgeschlachtet werden darf?«

Als ich dies sagte, grinsten der Gouverneur und der Wärter und all die Schafsköpfe, als sei das Leben eines Mannes nur ein guter Witz.

»Das Gesetz ist auf Eurer Seite«, meinte der Gouverneur, »wir wollen Euch nicht länger zurückhalten. Lass ihn hinaus, Wärter!«

Der kaltherzige Hund hätte es auch getan, hätt ich nicht gefleht und gewinselt und ihm angeboten, Kost und Logis zu bezahlen, was vor mir noch nie ein Gefangener getan hat. Unter diesen Bedingungen ließ er mich bleiben: Drei Monate war ich da im Käfig, während sämtliche Lumpen der ganzen Gegend auf der anderen Seite der Mauer nach mir heulten. Hübsche Behandlung, nicht wahr, für einen Mann, der seinem Land gedient hatte!

Schließlich kam eines Morgens der Gouverneur dahergelaufen.

»Nun, Maloney«, meinte er, »wie lange wollt Ihr uns noch mit Eurer Gesellschaft beehren?«

Ich hätte ihm ein Messer zwischen seine verfluchten Rippen pflanzen können und hätt's auch getan, wären wir allein im Busch gewesen; aber ich musste dazu lächeln und ihm schmeicheln und ihn sanft behandeln, da ich fürchtete, er würde mich hinausjagen.

»Ihr seid ein höllischer Spitzbube«, sagte er; dies sind seine eigenen Worte zu einem Mann, der ihm so treue Dienste geleistet! »Ich will jedoch keine Ungerechtigkeit unterstützen; ich glaube, ich weiß, wie ich Euch aus Dunedin rausbekommen kann.«

»Ich werde Sie nie vergessen, Gouverneur«, sagte ich; »bei Gott, ich werde es nie tun!«

»Ich verzichte auf Euren Dank und Eure Erkenntlichkeit«, erwiderte er; »ich tue es nicht Euch zuliebe, sondern nur um die Ordnung in der Stadt aufrecht zu erhalten. Vom Westkai fährt morgen ein Dampfer nach Melbourne; ihr werdet Euch an Bord dieses Schiffs begeben! Es fährt um fünf Uhr ab; haltet Euch also bereit!«

Ich packte meine wenigen Habseligkeiten zusammen und wurde kurz vor Tagesanbruch durch eine kleine Seitentür hinausgeschmuggelt. Ich rannte an den Hafen, löste mein Billett unter dem Namen Isaac Smith und gelangte heil an Bord des Melbourner Schiffes. Ich erinnere mich, wie ich, als die Maschinen sich in Bewegung setzten und ich auf die Lichter Dunedins zurückschaute, den angenehmen Gedanken hatte, dass ich nie mehr hierher zurückkehren würde. Es schien mir, als läge eine neue Welt vor mir und als hätten alle meine Sorgen ein Ende. Ich ging hinunter und trank eine Tasse Kaffee; als ich wieder auf Deck stieg, fühlte ich mich besser denn je seit dem Morgen, an dem, als ich erwachte, dieser verdammte Ire mit seinem Sechsläufigen über mir stand.

Mittlerweile war der Tag angebrochen, und wir dampften die Küste entlang; Dunedin war längst verschwunden. Ich bummelte ein paar Stunden an Deck auf und ab; später kamen noch andere herauf. Einer der Passagiere, ein geschniegelter kleiner Kerl, warf einen langen Blick auf mich, kam dann auf mich zu und knüpfte ein Gespräch an.

»Kommt vom Goldgraben, nehm ich an?«, sagt er.

»Ja«, sag ich.

»Gute Ausbeute?«, sagt er.

»Ziemlich«, sag ich.

»Ich auch«, sagt er. »Hab drei Monate auf

den Nelsonfeldern gegraben; hab dann alles für einen gesalzenen Claim* hergegeben, und der war am zweiten Tag leer. Später dennoch weitergegraben und hübsch Geld verdient; aber als der Goldwagen in die Stadt runterfuhr, haben ihn die verfluchten Buschklepper abgefangen; hab keinen roten Heller davon wiedergesehen!«

»Das war ein schlechtes Geschäft«, sag ich.

»Hat mich gänzlich ruiniert! Macht nichts, hab die Lumpen wenigstens alle baumeln gesehen; das hilft's leichter tragen, nur einer blieb am Leben, der Schuft, der gegen die anderen aussagte. Ich würd mich glücklich preisen, käm mir der einmal in den Weg. Wenn ich ihn treffe, hab ich zweierlei mit ihm zu erledigen.«

»Was wäre das?«, sag ich nachlässig.

»Ich muss ihn einmal fragen, wo das Geld liegt – die Spitzbuben haben keine Zeit gehabt, es auf die Seite zu bringen, und so liegt's irgendwo in den Bergen –, und dann muss ich ihn kaltmachen und seine Seele hinabschicken zu seinen Kameraden, die er verriet.«

---

* Schlechte Claims wurden zum Zweck des Verkaufs mit goldführendem Schutt ›gesalzen‹.

Mir schien, als wüsste ich etwas von dem versteckten Geld, und ich musste beinahe lachen; doch ich nahm mich zusammen, da er mich scharf beobachtete und mir auffiel, wie rachsüchtig und blutgierig er gesinnt war.

»Ich gehe jetzt auf die Brücke«, sag ich, weil er nicht der Mann war, mit dem ich gerne nähere Bekanntschaft geschlossen hätte.

Er wollte indes nichts davon wissen. »Blödsinn«, sagte er, »wir sind beide Goldgräber und Reisekollegen. Kommt mit runter zur Bar. Ich bin doch nicht zu arm, um lustig zu sein!«

Dies konnte ich ihm nicht abschlagen, und so stiegen wir zusammen hinab; hier begannen meine Leiden. Was hab ich denn irgendeinem auf dem Schiff getan? Ich verlangte nur nach einem ruhigen Leben und wollte andere für sich lassen, wie ich selbst für mich bleiben wollte. Kann ein Mensch etwas Anständigeres verlangen? Und jetzt passen Sie auf, was folgte.

Wir gingen eben an den Frauenkabinen vorbei, auf dem Weg zum Saloon, da kommt so eine sommersprossige, verteufelte Dienstmagd mit einem Kind auf dem Arm heraus. Wir gingen hinter ihr drein und an ihr vorbei, nichts ahnend: Plötzlich stößt das Weib einen Schrei aus wie ein Lokomotivpfiff und lässt um ein Haar den kleinen Affen fallen. Der Schrei ging mir durch Mark und Bein, trotzdem bat ich sie um Verzeihung, da ich dachte, ich sei ihr vielleicht auf ein Hühnerauge getreten. Als ich jedoch ihr weißes Gesicht sah und wie sie an der Tür lehnte und auf mich deutete, merkte ich, dass mein Spiel verloren war.

»Er ist es«, schreit das Scheusal, »er ist es! Ich hab ihn vor Gericht gesehen! Oh, beschützt das unschuldige Würmchen vor ihm!«

»Wer ist es?«, fragen der Steward und ein halb Dutzend andere atemlos.

»Er ist es – Maloney – Maloney, der Mörder – oh, packt ihn, führt ihn weg von hier!«

Ich erinnere mich nicht recht, was in eben diesem Augenblick geschah. Ich geriet inmitten von Mobiliar, es war ein Fluchen und Krachen, und jemand schrie nach seinem Gold. Als sich der Aufruhr etwas gelegt hatte, steckte die Hand von jemand in meinem Maul. Aus dem, was ich nachher sah, schließe ich, dass sie jenem kleinen Kerl gehörte, der so boshaft gesprochen hatte. Er konnte ein Stück davon wieder herausziehen, weil nämlich die anderen auf mich einschlugen. Ein armer Teufel kann auf dieser Welt nichts recht machen, wenn er mal drunten ist – doch ich denke, er wird sich meiner bis an seinen Tod erinnern – noch länger, hoff ich.

Sie schleiften mich ins Achterschiff und hielten Gericht über mich – über mich, merken Sie wohl, Doktor, mich, der seine Genossen angezeigt hatte, um ihnen einen Dienst zu erweisen! Was hatten sie mit mir vor? Einige rieten dies, andere das, schließlich entschied der Kapitän, mich an Land zu setzen. Das Schiff stoppte, ein Boot wurde hinabgelassen und ich hineingesetzt, während mich die ganze Bande über die Reling weg anbrüllte. Ich sah, wie der Kerl, von dem ich sprach, seine Hand verband, und dachte, es hätte noch schlimmer ausfallen können.

Bevor wir aber an Land waren, änderte ich schon meine Ansicht. Ich hatte vermutet, dass die Küste verlassen sein würde und ich landeinwärts wandern könnte; aber das Schiff hatte zu nahe bei Heads gestoppt, und ein Dutzend Strandfischer und ähnliches Gesindel liefen ans Ufer und glotzten uns an, da sie sich nicht erklären konnten, was mit dem Schiff los war. Als das Boot die Brandung erreicht hatte, schmissen mich die Halunken ganz einfach ins Wasser, natürlich nachdem sie dem Pack am Ufer noch zugerufen hatten, wer ich war. Jawohl, Sie dürfen wohl erstaunt sein – der ganze Mann in zehn Fuß tiefem Wasser, mit Haifischen so dick wie die grünen Papageien im Busch! Als ich mich ans Ufer arbeitete, hörte ich noch ihr gemeines Gelächter.

Bald sah ich, dass die Sache schlimmer stand denn je. Als ich mich aus den Wellen rausarbeitete, kriegte mich ein großer Lümmel zu fassen, und ein halb Dutzend andere umringten mich und hielten mich fest. Die meisten der Burschen sahen anständig aus; von denen hatte ich nichts zu befürchten; aber einer mit einem großen Strohhut machte ein ziemlich unangenehmes Gesicht, und der große Lümmel schien sehr gut mit ihm zu stehen.

Sie zogen mich ans Ufer, ließen mich los und umringten mich.

»Na, Freund«, sagt der Mann mit dem Hut, »wir haben schon seit einiger Zeit hier nach dir Ausschau gehalten.«

»Sehr hübsch von euch«, sag ich.

»Halt's Maul«, sagt er. »So, Jungs, wie wollen wir's machen? Hängen, erschießen oder ersäufen? Schnell!«

Dies schien mir denn doch etwas zu geschäftsmäßig. »Das dürft ihr nicht«, sag ich. »Ich bin von der Regierung freigesprochen, und es wäre Mord.«

»So heißt man's«, bemerkte der Lange liebenswürdig wie eine heisere Krähe.

»Ihr wollt mich töten, weil ich ein Buschklepper war?«, sag ich.

»Halt's Maul mit dem Buschklepper!«, sagt der Mann. »Wir hängen dich, weil du deine Kameraden verraten hast; und jetzt hat das Geschwätz ein Ende!«

Sie schlangen mir einen Strick um den Hals und schleiften mich in einen Winkel am Busch. Dort standen einige hohe Korkeichen und Gummibäume; einen davon wählten sie für ihre Schandtat aus. Sie zogen den Strick über einen starken Zweig, banden mir die Hände zusammen und sagten mir, ich solle mein Gebet sprechen. Alles schien verloren; aber die Vorsehung hat mich gerettet. Hier, Sir, klingt es recht hübsch, von diesen Dingen zu schwatzen; aber es war eine fatale Geschichte, dazustehen, nichts als die Küste vor mir, die lange, weiße Linie der Brandung, weit draußen der Dampfer und ringsherum eine Bande von mordlustigen Halunken, die nach meinem Blut dürsteten.

Ich habe nie gedacht, dass ich der Polizei was Gutes verdanken würde; aber damals hat sie mich gerettet. Eine Abteilung ritt eben von Hawkes Point Station nach Dunedin, und als sie hörten, dass was los war, kamen sie durch den Busch heruntergeritten und unterbrachen die Operation. Ich habe in meinen früheren Tagen so einige Kapellen gehört, Doktor, aber niemals habe ich solch eine Musik gehört wie die Hufschläge der Pferde dieser Polizisten, als sie in die Lichtung galoppierten. Sie wollten mich rasch noch hängen, aber die Polizei war schneller als sie; der Mann mit dem großen Hut bekam mit dem flachen Säbel eins über den Schädel gehauen. Ich wurde auf ein Pferd gesetzt, und noch bevor es Abend wurde, war ich wieder in meinem alten Loch in Dunedin.

Der Gouverneur war nicht rumzukriegen. Er wollte mich unbedingt los sein, und auch ich war entschlossen, möglichst bald fortzukommen. Er wartete eine Woche oder so, bis sich die Aufregung ein wenig gelegt hatte, dann brachte er mich heimlich an Bord eines Dreimasters, der mit Talg und Häuten nach Sydney gehen sollte.

Wir stachen ohne Hindernis in See, und die Verhältnisse schienen sich etwas rosiger zu gestalten. Ich war überzeugt, jedenfalls das Gefängnis zum letzten Mal gesehen zu haben. Die Besatzung schien eine Art von Ahnung zu haben, wer ich war, und wenn es schlechtes Wetter gegeben hätte, so hätten sie mich, 's ist gut möglich, über Bord geworfen; es war eine rohe, unwissende Bande, und sie glaubten, dass ich dem Schiff Unheil bringe. Wir hatten indes eine gute Überfahrt, und so landete ich gesund und wohlbehalten in Sydney.

Jetzt passen Sie auf, was geschah. Sie denken wohl, sie hätten es satt bekommen, mich noch zu verfolgen, nicht wahr? Na, hören Sie nur. Offenbar war an demselben Tag, an dem wir abfuhren, noch so ein verfluchter Dampfer von Dunedin nach Sydney abgegangen und vor uns mit der Nachricht angekommen, dass ich unterwegs sei. Hol mich der Henker, aber die Schurken hatten eine Versammlung, eine richtige

Massenversammlung an den Docks einberufen, um die Sache zu erörtern, und was mache ich? Ich laufe geradewegs drauf zu, als ich lande! Es dauerte nicht lange, und ich war verhaftet und musste allen Reden und Beschlüssen zuhören. Wäre ich ein Prinz gewesen, sie hätten nicht aufgeregter sein können. Am Ende beschlossen sie, dass es nicht recht sei, wenn Neuseeland alle seine Verbrecher seinen Nachbarn aufhalsen dürfe, und dass ich mit dem nächsten Schiff zurückgesandt werden sollte. So schoben sie mich wieder ab wie ein gewöhnliches Paket, und nach weiteren achthundert Seemeilen Fahrt saß ich zum dritten Mal in dem verdammten Loch in Dunedin.

Damals dachte ich schon, ich müsste den Rest meines Daseins dazu verwenden, von einem Hafen zum anderen hin und her zu pendeln. Alle Leute schienen sich gegen mich verschworen zu haben, und nirgends winkte mir Ruhe und Frieden. Ich hatte damals, als ich zurückkam, die Geschichte satt; ich wäre wieder in den Busch zurück, hätte ich gekonnt, und hätte es wieder mit meinen alten Kollegen versucht. Aber sie waren zu rasch für meine Kräfte und behielten mich hinter Schloss und Riegel; es gelang mir indes trotz allem, jenes Gold, das ich, wie ich Ihnen erzählt, versteckt hatte, an mich zu bringen und in meinem Gürtel zu verstecken. Ich blieb noch einen Monat im Gefängnis, dann brachten sie mich an Bord eines Schiffes nach England.

Dieses Mal hatte die Besatzung keine Ahnung, wer ich war, dafür hatte der Kapitän eine ganz hübsche Vorstellung davon, wenn er mich auch nichts davon merken ließ. Übrigens wusste ich im ersten Moment, dass der Mann ein niederträchtiger Schurke war. Wir hatten eine gute Überfahrt, abgesehen von einem Sturm beim Kap; ich fing schon an, mich als freier Mann zu fühlen, als ich die blaue Küste des Mutterlandes und das flotte kleine Lotsenboot erblickte, das von Falmouth durch die Wellen zu uns herübertanzte. Wir fuhren in den Kanal ein, und ehe wir Gravesend erreichten, hatte ich mit dem Lotsen ausgemacht, dass er mich an die Küste mitnehmen würde, wenn er zurückfahre. Damals bewies der Kapitän, dass er, wie ich richtig vermutet hatte, ein niederträchtiger, gemeiner Geselle war. Ich packte mein Zeug rasch zusammen und ging hinunter zum Frühstück, während er mit dem Lotsen in ernster Unterhaltung begriffen war. Als ich wieder heraufkam, waren wir schon hübsch im Fluss drin, und das Boot, das mich an die Küste setzen sollte, war verschwunden. Der Kapitän behauptete, der Lotse habe mich vergessen; aber diese Ausrede war doch zu plump, und ich fürchtete mit Recht, dass meine Leiden von Neuem beginnen würden.

Das sollte sich bald bestätigen. Ein Boot stieß vom Ufer ab, kam auf uns zu, und ein großer Bursche mit einem langen, schwarzen Bart stieg an Bord. Ich hörte, wie er den Steuermann fragte, ob er nicht einen Flusslotsen brauche, um hinaufzufahren, aber ich hatte den Eindruck, als verstehe sich der Mann besser auf Handschellen als auf das Steuern, und so drückte ich mich auf die Seite. Er kam jedoch herüber zu mir und redete mich an, wobei er mich scharf ansah. Ich habe Leute mit solch forschenden Blicken im Allgemeinen nicht gern, aber das Allerschlimmste ist so einer, der noch einen falschen Bart trägt, besonders unter den Umständen, in denen ich mich befand. Ich merkte, dass es Zeit war, mich aus dem Staub zu machen.

Die Gelegenheit hierzu bot sich mir bald, und ich nutzte sie geschickt. Ein Kohlenschiff fuhr vor uns durch, und wir mussten langsamer fahren; es hatte einen Kahn im Schlepptau. Mithilfe eines Taus ließ ich mich in diesen hinabgleiten, ehe mich jemand bemerkte. Natürlich musste ich mein Gepäck zurücklassen, aber ich hatte den Gürtel mit dem Goldstaub umgebunden, und die Gelegenheit, der Polizei ein Schnippchen zu schlagen, war mehr wert als ein paar Schachteln. Jetzt war mir's klar, dass der Lotse so gut wie der Kapitän den Verräter gespielt und die Kriminalbeamten auf mich gehetzt hatte. Ich möchte nur die zwei Schurken wieder einmal antreffen!

Ich lag den ganzen Tag in dem Kahn, der den Strom hinuntertrieb. Es befand sich zwar ein Mann darin, aber es war ein großes, mächtiges Fahrzeug, und er hatte so viel zu tun, dass er sich nicht nach mir umsehen konnte. Gegen Abend, als es etwas dunkel wurde, sprang ich, als wir in der Nähe des Ufers waren, ins Wasser, etliche Meilen östlich von London. Völlig durchnässt und halb verhungert schlich ich in die Stadt, staffierte mich in einem Trödlerladen mit einem anderen Anzug aus, aß ein wenig in einer Kneipe und suchte mir in einer Gegend, wo ich sicher zu sein hoffte, eine Schlafstelle.

Ich erwachte sehr früh – eine Gewohnheit vom Buschleben her –, und das war ein Glück für mich. Das erste, was ich erblickte, als ich hinaussah, war einer dieser verteufelten Polizisten, der gerade gegenüber auf der Straße stand und an die Fenster hinaufglotzte. Er hatte weder Achselklappen noch einen Säbel wie die unseren, aber er hatte eine Art von Familienähnlichkeit und denselben eingebildeten Gesichtsausdruck. Ob mir der Bursche die ganze Zeit über nachgestiefelt ist oder der Frau, bei der ich die Schlafstelle mietete, mein Gesicht verdächtig erschienen war, habe ich nie herausgebracht. Als ich ihn verstohlen beobachtete, zog er sein Notizbuch aus der Tasche, und mit einem Blick auf das Haus notierte er etwas, vermutlich die Hausnummer. Ich fürchtete, er wolle an der Glocke läuten, als er herüberkam, aber er sollte offenbar nur ein Auge auf mich haben, denn nach einem weiteren Blick auf die Fenster ging er die Straße hinunter.

Ich sah, dass ich mich nur retten konnte, wenn ich sofort handelte. Ich fuhr in meine Kleider, öffnete geräuschlos das Fenster, und nachdem ich mich versichert hatte, dass niemand um den Weg war, sprang ich zu Boden und machte mich aus dem Staub, so schnell ich laufen konnte. Ich legte so zwei oder drei Meilen zurück, bis mir der Atem ausging. Als ich ein großes Gebäude sah, in das Leute ein und aus gingen, trat ich ein und sah, dass es ein Bahnhof war. Ein Zug war eben zur Abfahrt nach Dover bereit: Ich nahm ein Billett und fuhr in der dritten Klasse mit dem Zug fort.

Ein paar Burschen saßen im Wagen, unschuldig aussehende junge Leute. Sie unterhielten sich über dies und jenes, während ich ruhig in der Ecke saß und zuhörte. Dann sprachen sie vom Verhältnis Englands zu fremden Ländern und dergleichen. Passen Sie nun auf, Doktor, ich sage die reine Wahrheit! Einer verbreitete sich über die Gerechtigkeit der englischen Gesetze. »Es ist alles anständig und korrekt«, sagt er, »wir haben weder Geheimpolizei noch Spione, wie es sie in anderen Ländern gibt.« Das war nicht übel, nicht wahr, wie der verfluchte junge Schafskopf redete, während mir die Polizei überallhin wie mein Schatten folgte?

Ich erreichte Paris; hier wechselte ich etwas von meinem Gold, und ein paar Tage lang dachte ich, ich hätte sie abgeschüttelt, und wollte mich für einige Zeit hier niederlassen, denn damals glich ich mehr einem Gespenst als einem Menschen. Sie haben wohl nie die Polizei auf Ihren Fersen gehabt, Sir, wie ich annehme? Sie brauchen gar nicht beleidigt zu sein, ich wollte Sie ja nicht verletzen. Wäre es der Fall gewesen, so hätten Sie erfahren, dass dies einen Mann aufzehrt wie die Fäule ein Schaf.

Eines Abends ging ich in die Oper und nahm eine Loge. In der Pause traf ich im Foyer einen Menschen, der im Gang herumlungerte und mir bekannt vorkam: Licht fiel auf sein Gesicht, und ich erkannte den Flusslotsen, der in der Themse an Bord gekommen war. Sein Bart war verschwunden, aber auf den ersten Blick erkannte ich den Kerl, ich habe nämlich ein gutes Gedächtnis für Gesichter.

Das kann ich Ihnen sagen, Doktor, dass ich für einen Augenblick den Kopf verlor. Wären wir allein gewesen, ich hätte ihn erdolcht, aber er kannte mich zu gut, um mir die Gelegenheit hierzu zu geben. Das war mir denn doch zu stark! Ich ging geradewegs auf ihn zu und zog ihn beiseite, wo wir sicher vor allen neugierigen Beobachtern waren.

»Wie lange wollen Sie noch so weitermachen?«, sag ich.

Er schien für einen Augenblick etwas aus der Fassung zu geraten, aber als er sah, dass es nichts nützte, um den Busch herumzulaufen, antwortete er offen:

»Bis Ihr nach Australien zurückkehrt«, sagt er.

»Wissen Sie nicht«, sag ich, »dass ich der Regierung Dienste erwiesen und eine Begnadigung erwirkt habe?«

Er grinste mit seinem ganzen gemeinen Gesicht, als ich dies sagte.

»Wir wissen alles von Euch, Maloney«, sagt er. »Wenn Ihr ruhig leben wollt, so geht dahin zurück, von wo Ihr kommt. Wenn Ihr hierbleibt, seid Ihr gezeichnet; und wenn Ihr gerne Reisen macht, so ist die Überfahrt nur ein Zeitvertreib für Euch. Freihandel ist eine schöne Sache, aber das Angebot von Leuten Eures Schlages ist bei uns zu groß, als dass wir noch Import davon nötig hätten!«

Mir schien, es sei etwas Wahres an dem, was er gesagt hatte, wenn er sich auch ziemlich unhöflich ausdrückte. Seit einigen Tagen hatte ich ein sonderbares Gefühl, wie von Heimweh. Die Wege der Leute waren nicht meine Wege. In den Straßen sahen sie sich nach mir um, und wenn ich in eine Bar trat, verstummte ihr Gespräch und sie äugten mich an, als sei ich ein wildes Tier. Ich hätte auch lieber ein anständiges Glas beim alten Stringybark getrunken als einen Fingerhut von ihren rötlichen Likören. Es ging mir zu ordentlich her! Was nützte mir mein Geld, wenn ich es nicht ausgeben konnte, wie ich wollte, wenn ich mich nicht nach meinem Geschmack kleiden konnte? Die Leute hatten kein Verständnis dafür, dass einer, der etwas über den Durst getrunken hat, gerne ein wenig um sich feuert. In Nelson habe ich oft gesehen, wie sie einen mit weniger Geschrei umbrachten, als sie hier machten, wenn nur eine Fensterscheibe zu Bruch ging. Die Geschichte war flau, und ich hatte sie satt.

»Ihr wollt also, dass ich heimkehre?«, sag ich.

»Ich habe Befehl, Euch im Auge zu behalten, bis Ihr es tut«, sagt er.

»Gut«, sag ich, »mir macht es nichts aus, zu gehen. Alles, was ich dafür von Euch verlange, ist, dass Ihr reinen Mund haltet und nicht ausplaudert, wer ich bin, dass ich wenigstens eine ruhige Überfahrt habe.«

Er willigte ein, und so fuhren wir am Tag darauf nach Southampton. Ich nahm ein Billett nach Adelaide, wo mich jedenfalls niemand kennen würde; und so dampfte ich ab, von der Polizei bis an Bord geleitet. Dort habe ich seither gelebt und ein ruhiges Leben geführt, abgesehen von ein paar kleinen Schwierigkeiten, wie zum Beispiel die, für die ich jetzt sitze, und abgesehen von diesem Teufel Tattooed Tom von Hawkesbury.

Ich weiß nicht, wie ich dazu kam, Ihnen all dies zu erzählen, Doktor; ich denke, dieses einsame Leben bringt einen zum Schwatzen, wenn man Gelegenheit dazu hat. Indes, denken Sie an meine Warnung: Erweisen Sie nie Ihrem Vaterland einen Dienst, denn das wird Ihnen verflucht wenig Dank dafür wissen! Lassen Sie die Leute ihre Geschäfte selbst besorgen; und wenn sich Schwierigkeiten ergeben, um eine Rotte von Räubern hängen zu können, mischen Sie sich nie drein; überlassen Sie die Leute ruhig sich selbst, sie sollen selber sehen, wie sie es fertigbringen! Vielleicht denken sie einmal, wenn ich gestorben bin, daran, wie undankbar sie gegen mich gewesen sind; vielleicht reut es sie dann, dass sie mich so schlecht behandelt haben. Ich war grob, als Sie hereinkamen, und fluchte ein wenig; kümmern Sie sich nicht darum, es ist eben meine Art. Sie werden indes zugeben, dass ich Grund habe, hin und wieder ein wenig gereizt zu sein, wenn ich an alles denke, was mir passiert ist. Sie wollen gehen, wirklich? Gut, wenn Sie müssen, dann müssen Sie eben! Aber ich hoffe, Sie werden hie und da nach mir sehen, wenn Sie Ihre Runde machen. Oh, ich glaube – fällt mir gerade ein –, Sie haben den Rest Ihres Kautabaks hier liegen lassen, nicht wahr? Nein, Sie haben ihn eingesteckt, dann ist ja alles in Ordnung! – Danke Ihnen, Doktor, Sie haben einen guten Charakter und sind schneller von Begriff als irgendjemand, den ich bisher getroffen habe.

*

Ein paar Monate nach dieser Unterredung hatte Wolf Tone Maloney seine Zeit abgesessen und wurde freigelassen. Lange Zeit sah und hörte ich nichts mehr von ihm; ich hatte ihn beinahe schon vergessen, als ich auf eine etwas traurige Weise wieder an ihn erinnert wurde. Ich hatte einen Patienten ein Stück landeinwärts besucht und ritt eben zurück, indem ich mein müdes Pferd vorsichtig durch den holprigen Pfad lenkte; ich konnte in der Dunkelheit meinen Weg kaum noch unterscheiden, als ich plötzlich in einer Lichtung ein kleines Wirtshaus erblickte. Ich stieg ab und führte mein Pferd am Zügel auf die Tür zu in der Absicht, mich zu versichern, dass ich auf dem rechten Weg war: Da hörte ich in dem kleinen Haus ein heftiges Wortgefecht; durch den allgemeinen Lärm tönten zwei mächtige Stimmen. Als ich horchte, war es einen Augenblick still, dann aber hörte ich fast zur gleichen Zeit zwei Revolverschüsse, die Tür flog krachend auf, und im Mondlicht konnte ich zwei Gestalten unterscheiden, die herausstürzten. Einen Augenblick rangen sie auf Leben und Tod und fielen dann zusammen auf den steinigen Weg. Mithilfe eines halben Dutzends roher

Gesellen, die aus dem Wirtshaus kamen, brachte ich die zwei Kämpfenden auseinander.

Ein Blick genügte, um mich zu überzeugen, dass einer von ihnen schon im Sterben lag. Es war ein starker Bursche mit entschlossenem Gesicht. In dickem Strom floss ihm das Blut aus einer tiefen Wunde am Hals heraus; zweifellos war eine wichtige Ader zerrissen worden. Da ich ihm nicht mehr helfen konnte, wandte ich mich seinem Gegner zu, der ebenfalls am Boden lag. Er hatte einen Schuss durch die Lunge erhalten, aber es gelang ihm, sich auf die Hände zu stützen, als ich mich ihm näherte, und er starrte mir ängstlich ins Gesicht. Zu meinem Erstaunen erkannte ich die hageren Züge und den roten Bart meines alten Bekannten aus dem Gefängnis: Maloney.

»Ach, Doktor!«, rief er, als er mich erkannte. »Wie geht's ihm? Muss er sterben?«

Er fragte in so ernstem Ton, dass ich annahm, er sei vor seinem Ende sanftmütiger geworden und fürchtete, er müsse mit einem weiteren Mord auf dem Gewissen sterben. Der Wahrheit zuliebe indes nickte ich traurig mit dem Haupt, um ihm nicht sagen zu müssen, dass seine Wunde tödlich war.

Da stieß Maloney ein wildes Triumphgeschrei aus, wobei ihm das Blut zwischen den Lippen hervorquoll. »Hier, Jungs!«, flüsterte er dann mühsam zu der kleinen Gruppe gewandt, die um ihn versammelt war. »Hier in meiner Brusttasche ist Geld. Hol mich der Henker! Macht euch lustig 'mit! 's ist nichts Mittelmäßiges an mir! Ich würd mit euch trinken, aber ich gehe drauf. Gebt dem Doktor mein Geld, denn er ist ein guter –« Er kam nicht weiter: Sein Kopf sank zurück, seine Augen wurden starr, und die Seele Wolf Tone Maloneys, Falschmünzer, Sträfling, Buschklepper, Mörder und Staatsankläger, flog fort ins große Unbekannte.

*

Ich möchte zum Schluss doch noch den Bericht über den verhängnisvollen Streit wiedergeben, der im »West Australian Sentinel« in der Nummer vom 4. Oktober 1881 erschien:

»Verhängnisvolle Schlägerei. – W. T. Maloney, ein wohlbekannter Bürger von New Montrose, Besitzer des ›Yellow Boy-Spielsalons‹, hat unter peinlichen Umständen den Tod gefunden.

Mr Maloney hat ein bewegtes Leben hinter sich, dessen Geschichte ein großes Interesse bietet. Unsere Leser werden sich vielleicht noch an die Mordtaten im Lenatal erinnern, mit denen sein Name eng verknüpft ist. Man nimmt an, dass in den sieben Monaten, während welcher er dort eine Bar besaß, zwischen zwanzig und dreißig Reisende umgebracht und beiseitegeschafft wurden. Es gelang ihm, der Polizei zu entgehen, und er vereinigte sich mit den Buschkleppern von Bluemansdyke, deren heroische Gefangennahme noch heute in aller Munde ist. Maloney sagte gegen seine Mitgefangenen aus und wurde infolgedessen freigelassen. Später besuchte er Europa, kehrte jedoch bald nach Westaustralien zurück, wo er in lokalen Angelegenheiten eine hervorragende Rolle gespielt hat. Freitagabend traf er mit einem alten Feind zusammen namens Thomas Grimthorpe, besser bekannt als Tattooed Tom von Hawkesbury. Schüsse wurden gewechselt und beide Männer schwer verwundet; sie starben nach wenigen Minuten. Mr Maloney war ebenso sehr dadurch berühmt, dass er der größte Massenmörder war, der je gelebt hat, wie durch die Vollendung und Gewandtheit in seinen Zeugenaussagen, in ihrer Art fein gearbeitete Kunstwerke, welche noch von keinem europäischen Verbrecher auch nur annähernd erreicht worden sind. Sic transit gloria mundi!«

Auch ein Kornhandel

»Robinson, der Alte verlangt nach Ihnen.«

»Zum Teufel auch!«, dachte ich; denn Mr Dickson, der Odessaer Agent von Bailey & Co., Kornhändler, hatte ein gutes Stück von tatarischem Wesen an sich, wie ich zu meinem eigenen Schaden erfahren habe. »Was zum Kuckuck will er denn von mir?«, fragte ich meinen Kollegen. »Hat er am Ende Wind von unserer Extratour nach Nikolajew bekommen, oder was ist los?«

»Keine Ahnung«, erwiderte Gregory. »Der alte Knabe scheint gut aufgelegt zu sein; irgendwas Geschäftliches wahrscheinlich. Aber lassen Sie ihn nicht warten!«

Ich nahm eine Miene gekränkter Unschuld an, um für alle Fälle gewappnet zu sein, und betrat die Höhle des Löwen.

Mr Dickson stand vor dem Kamin. Er schien es eilig zu haben und wies mir mit einer Handbewegung einen Stuhl an. »Mr Robinson!«, sagte er. »Ich habe großes Zutrauen zu Ihrer Verschwiegenheit und Ihrem gesunden Menschenverstand.«

Ich verbeugte mich.

»Ich glaube«, fuhr er fort, »Sie sprechen ziemlich fließend Russisch.«

Ich verbeugte mich von Neuem.

»Ich habe nun einen Auftrag von großer Wichtigkeit, den ich Ihnen erteilen möchte. Von dessen Erfolg wird Ihre Beförderung abhängen.«

»Sie können sich darauf verlassen«, erwiderte ich, »dass tun will, was in meinen Kräften steht.«

»Gut, Sir, sehr gut! Der erwähnte Auftrag ist in wenig Worten dieser. Die Eisenbahn ist eben bis Soltew eröffnet worden, das einige hundert Meilen landeinwärts liegt. Nun möchte ich mir, verstehen Sie, den Ernteertrag dieses Gebiets sichern und darin den anderen Odessaer Firmen zuvorkommen. Sie werden nach Soltew fahren und dort einen gewissen Mr Dimidow sprechen, der der größte Gutsbesitzer in jener Stadt ist. Schließen Sie so günstig wie möglich ab! Mr Dimidow sowohl wie ich wünschen, dass das Geschäft so ruhig und geheim wie möglich zum Abschluss kommt, sodass nichts davon ruchbar wird, bevor das Getreide hier in Odessa anlangt. Ich wünsche dies im Interesse unserer Firma, Mr Dimidow wegen der Vorurteile, die seine Bauern gegen den Export hegen. Man wird Sie am Ziel Ihrer Reise erwarten, zu der Sie heute Abend aufbrechen. Das Geld für Ihre Ausgaben ist bereitgelegt. Adieu, Mr Robinson. Ich hoffe, Sie werden das Zutrauen, das ich auf Sie setze, in vollem Maß rechtfertigen.«

»Gregory!«, sagte ich, als ich wieder in das Büro eintrat, »ich muss fort, ich habe einen Auftrag, einen Geheimauftrag, mein Lieber, ein Geschäft über Tausende von Rubeln. Leihen Sie mir Ihren kleinen Handkoffer – meiner ist zu groß –, und sagen Sie Iwan, er solle ihn packen! Ein russischer Millionär erwartet mich an meinem Ziel. Plaudern Sie mir ja keine Silbe davon aus!«

Ich war so erfreut, eine so wichtige Rolle zu spielen, dass ich den ganzen Tag im Büro herumstolzierte, Verantwortung und Gewissenhaftigkeit auf jedem Gesichtszug; und als ich am

Abend zum Bahnhof hinabschlich, hätte ein unbefangener Beobachter aus meinem allgemeinen Aussehen schließen können, dass ich vor meinem Weggang den Inhalt des Kassenschranks in Gregorys kleines Köfferchen geleert habe. Es war unvorsichtig, nebenbei bemerkt, dass er die englischen Etiketten nicht von ihm entfernt hatte. Ich dachte indes, die Namen »London« und »Birmingham« würden kein Aufsehen erregen, oder wenigstens keinem Konkurrenten erzählen, wer ich sei und was ich im Schilde führte.

Ich zahlte das Fahrgeld für mein Billett, lehnte mich behaglich in eine Ecke des bequemen Waggons und sann über den außerordentlichen Glücksfall nach, den der Auftrag für mich bedeutete. Dickson war schon alt, ohne Nachkommen; wenn mir dies Geschäft nach Wunsch gelang, würde es gute Folgen für meine Zukunft zeitigen. Ich verfiel in Träumereien über eine Beteiligung an der Firma und schlief darüber ein, als ich gerade Millionär wurde. Hätte ich gewusst, welches Schicksal meiner am Ende meiner Fahrt erwartete, ich hätte kaum so friedlich geschlummert.

Ich erwachte mit dem unbehaglichen Gefühl, dass mich jemand beobachtete. Es war keine Täuschung. Ein großer Mann hatte mir gegenüber Platz genommen und sah mich mit finsteren schwarzen Augen forschend an. Dann sah ich, wie er einen Blick auf meinen Handkoffer warf.

»Himmel«, dachte ich, »das ist sicherlich ein Agent der Konkurrenz! Den Gregory soll der Teufel holen, dass er die verflixten Etiketten auf dem Koffer ließ!« Ich schloss für einen Moment die Augen, aber als ich wieder nach ihm blickte, sah ich, dass er mich immer noch ernsthaft fixierte.

»Von England, wie ich sehe«, sagte er in russischer Sprache, indem er den Mund verzog, was ein liebenswürdiges Lächeln bedeuten sollte.

»Jawohl!«, erwiderte ich, indem ich mir Mühe gab, unbefangen auszusehen, voller Ärger über die Unterlassungssünde.

»Sie reisen wohl zu Ihrem Vergnügen?«, fragte er.

»Jawohl!«, antwortete ich scharf. »Natürlich zum Vergnügen.«

»Ja, ja! Freilich!«, sagte er mit etwas ironischer Stimme. »Engländer reisen ja stets zum Vergnügen, nicht wahr? Jawohl, selbstverständlich!«

Sein Betragen war mir rätselhaft, um den mildesten Ausdruck zu gebrauchen. Ich konnte es mir nur auf zwei Arten erklären: Entweder war der Kerl verrückt, oder er war der Agent irgendwelcher Firma, die dasselbe Ziel verfolgte wie ich, und er wollte mich merken lassen, dass er mein Spiel durchschaute. Das eine war mir ebenso unangenehm wie das andere. Schließlich wurde ich der Entscheidung enthoben, als der Zug bei dem halb zerfallenen Schuppen anhielt, der als Stationsgebäude für die aufblühende Stadt Soltew dient, dasselbe Soltew, dessen Reichtümer zu erschließen ich im Begriff war.

Ich sollte an meinem Reiseziel erwartet werden, wie mir Mr Dickson gesagt hatte. Ich sah mich in der buntscheckigen Menge um, konnte aber keinen Mr Dimidow finden. Plötzlich drängte sich ein schmutzig aussehender, unrasierter Mensch an mir vorbei und warf einen raschen Blick auf mich und dann auf meinen Handkoffer, diesen verfluchten Handkoffer, der die Ursache aller meiner Leiden werden sollte.

Der Mann verschwand in der Menge; aber in kurzer Zeit kam er von hinten wieder auf mich zu geschlendert und flüsterte, als er nahe bei mir war, die Worte vor sich hin: »Folgen Sie mir, aber in einiger Entfernung!«, indem er sofort das Gebäude verließ und die Straße hinabeilte. Das musste Mr Dimidow sein. Ich lief ihm mit meinem schwarzen Handkoffer nach; an der nächsten Kreuzung stand eine einfache Droschke, die auf uns wartete. Mein unrasierter Freund öffnete den Schlag; ich stieg ein.

»Ist Mr Dim–«, begann ich.

»Pst! Still!«, fiel er ein. »Keine Namen, keine Namen! Selbst die Wände haben hier Ohren. Sie werden alles heute Nacht erfahren.«

Mit diesen Worten schloss er den Schlag, ergriff die Zügel, und in scharfem Trab fuhren wir fort. Wie ich zufällig bemerkte, sah uns mein schwarzäugiger Bekannter aus der Eisenbahn mit dem größten Erstaunen nach, bis wir seinen Blicken entschwunden waren.

Ich machte mir meine Gedanken über die Geschichte, als wir in diesem abscheulichen Gefährt ohne Federn über das holprige Pflaster davonrasselten.

»Man sagt«, dachte ich, »die besseren Leute in Russland seien Tyrannen, aber es scheint mir, dass gerade das Umgekehrte der Fall ist: Dieser arme Dimidow zum Beispiel hat offenbar Angst vor seinen Bauern und glaubt, dass sie ihn erschlagen wollen, wenn er die Getreidepreise durch den Export in die Höhe bringt. Es ist doch eigentümlich, wenn man zu solcher Geheimnistuerei greifen muss, um sein Eigentum verkaufen zu können. Hier ist es noch schrecklicher als in Irland. Es ist doch unglaublich. Übrigens scheint der Herr nicht gerade in einem sehr aristokratischen Viertel zu wohnen«, fuhr ich in meinem Selbstgespräch fort, als ich in die krummen und engen Gassen hinausblickte, in denen sich schmutzige und ungekämmte Moskowiter herumtrieben. »Wär nur der Gregory oder sonst einer bei mir! Das scheint ja die reinste Halsabschneiderhöhle zu sein! Bei Gott, er hält gerade hier; wir sind offenbar am Ziel!«

Wir waren am Ziel; die Droschke hielt, und der ruppige Kopf meines Kutschers erschien am Fenster.

»Wir sind angekommen, Väterchen!«, sagte er, als er mir beim Aussteigen behilflich war.

»Ist Mr Dimi–«, begann ich wieder, und wiederum unterbrach er mich.

»Alles, nur keine Namen!«, flüsterte er. »Alles, nur das nicht! Sie sind an ein Land gewöhnt, wo man frei reden darf. Vorsicht!« Mit dieser Warnung geleitete er mich durch einen gepflasterten Durchgang und dann eine Treppe hinauf. »Nehmen Sie einen Augenblick hier Platz!«, sagte er. »Es wird Ihnen sogleich etwas zu essen gebracht werden.« Mit diesen Worten ließ er mich mit meinen Gedanken allein.

»Nanu«, dachte ich, »das Zimmer sieht ja nicht übel aus! Man könnte glauben, es sei eine Gefängniszelle!«

Die Tür war aus Eisen, außerordentlich stark gebaut; das einzige Fenster war mit einem festen Gitter versehen. Der Fußboden war aus Holz und tönte hohl, als ich darüberging. Boden und Wände waren schmutzig, mit Kaffeeflecken bespritzt oder sonst einer dunklen Flüssigkeit. Im Großen und Ganzen schien es nicht ein Raum, dessen Aussehen geeignet war, einen in festliche Stimmung zu versetzen.

Kaum hatte ich mich soweit umgesehen, da hörte ich im Flur draußen Schritte, und mein alter Freund von der Droschke betrat wieder das Zimmer. Er kündigte an, dass mein Essen bereit sei und führte mich durch den Gang in einen ziemlich großen, prächtig eingerichteten Saal, in dessen Mitte ein Tisch für zwei Personen gedeckt war. Beim Ofen stand ein Mann, ungefähr in meinem Alter. Er wandte sich um, als ich eintrat, und eilte auf mich zu, um mich mit den Zeichen größter Achtung zu begrüßen.

»So jung und doch schon so geehrt!«, rief er aus. Er sammelte sich schnell und fuhr fort: »Bitte, nehmen Sie oben am Tisch Platz! Sie müssen müde sein von Ihrer langen Reise. Wir essen allein; aber die anderen werden sich nachher versammeln.«

»Mr Dimidow, wie ich annehme?«, sagte ich.

»Nein«, sagte er, indem er seine scharfen grauen Augen auf mich richtete. »Mein Name ist Petrokin; Sie verwechseln mich vielleicht mit einem der anderen. Aber jetzt, bitte, kein Wort über geschäftliche Angelegenheiten, bis man sich zur Beratung versammelt!«

Wer Mr Petrokin und die »anderen« waren, konnte ich mir nicht recht denken. Verwalter von Mr Dimidow vielleicht, obgleich dieser

Name meinem Genossen nicht bekannt zu sein schien. Da er indes für den Augenblick nichts Geschäftliches hören wollte, ging ich auf seinen Wunsch ein, und wir unterhielten uns über das soziale Leben in England, einen Stoff, den er offenbar völlig beherrschte. Seine Bemerkungen über Malthus und die Gesetze der Bevölkerung waren ausgezeichnet, wenn sie auch von extremem Radikalismus zeugten.

»Nebenbei bemerkt«, sagte er, als wir uns beim Wein eine Zigarre ansteckten, »wir würden Sie niemals erkannt haben, hätten Sie nicht die englischen Etiketten auf Ihrem Handkoffer gehabt; es war ein großes Glück, dass Alexander Sie bemerkte. Wir hatten keine Beschreibung von Ihnen erhalten; wir hatten deshalb einen etwas älteren Mann erwartet. Es kommt selten vor, dass man einem noch so jungen Mann einen so wichtigen Auftrag erteilt.«

»Man hat eben Zutrauen zu mir«, erwiderte ich; »wir haben in unserem Handel gelernt, dass Jugend und Schlauheit nicht zu unterschätzen sind.«

»Ihre Bemerkung ist ja richtig, sehr richtig«, bemerkte mein neuer Freund, »aber ich bin erstaunt, zu hören, dass Sie unsere Gesellschaft einen Handel nennen. Solch eine Bezeichnung ist doch etwas grob für eine Gesellschaft von Männern, die sich zusammentun, um der Welt zu geben, wonach sie sich sehnt; ohne unsere Hilfe kann die Menschheit niemals dazu gelangen. Eine bessere Bezeichnung wäre schon ›geistige Bruderschaft‹.«

»Donnerwetter«, dachte ich, »würde das den Alten freuen, wenn er es hören könnte! Der Kerl hier muss im Geschäft tätig gewesen sein, mag er sein, wer er will.«

»Nun ist es bald acht Uhr«, sagte Mr Petrokin. »Der Rat wird bereits versammelt sein. Wir wollen zusammen hinaufgehen; ich will Sie einführen. Ich brauche Ihnen wohl kaum zu sagen, dass Sie auf denkbar größte Verschwiegenheit zählen können und dass man Sie ängstlich erwartet.«

Ich überlegte rasch noch einmal, als ich ihm folgte, wie ich meinen Auftrag am besten ausführen und die günstigsten Preise erzielen könnte.

Kaum war ich zu einem Entschluss gelangt, da öffnete mein Führer eine große Tür am Ende eines Ganges, und wir traten in einen Raum, der noch größer war als der, in dem wir gegessen hatten. In der Mitte stand ein langer Tisch mit einer grünen Decke, auf der ganze Stöße von Papieren lagen; um ihn herum saßen vierzehn oder fünfzehn Männer, in ernster Unterhaltung begriffen.

Als wir eintraten, erhob sich die ganze Gesellschaft und verbeugte sich. Es fiel mir auf, dass mein Genosse fast gar nicht beachtet wurde, während aller Blicke auf mich gerichtet waren. Oben am Tisch sah ein hagerer Mann, dessen auffallend blasse Gesichtsfarbe in einem eigentümlichen Gegensatz zu seinem blauschwarzen Haupthaar und Bart stand; er lud mich mit einer Handbewegung ein, auf einem leeren Sitz zu seiner Rechten Platz zu nehmen. Und so setzte ich mich.

»Ich brauche wohl kaum zu sagen«, begann Mr Petrokin, »dass Gustave Berger, der englische Agent, uns mit seiner Gegenwart beehrt. Er ist in der Tat noch jung, Alexis«, fuhr er zu meinem blassen Nachbarn gewandt fort, »und doch kennt ihn bereits ganz Europa.«

»Na na, sachte, sachte!«, dachte ich und fuhr mit lauter Stimme fort: »Wenn Sie mich meinten, so möchte ich dazu bemerken, dass ich allerdings ein englischer Agent bin, aber dass mein Name nicht Berger, sondern Robinson ist, Tom Robinson, wenn Sie gestatten.«

Alle brachen auf diese Worte in ein Gelächter aus.

»Na ja, na ja«, sagte der Mann, den sie Alexis nannten. »Ich verstehe Ihre Diskretion, mein verehrter Herr! Man kann gar nicht vorsichtig genug sein. Behalten Sie auf jeden Fall Ihr englisches Pseudonym! Ich bedaure«, fuhr er fort, »dass wir diesen Abend noch eine peinliche Pflicht erfüllen müssen; aber die Gesetze unserer Gesellschaft stehen auf jeden Fall über unseren Gefühlen, und heute Nacht hat unumgänglich eine Entlassung stattzufinden.«

»Was zum Henker hat der Kerl vor?«, dachte ich. »Was geht das mich an, wenn er einen Angestellten zum Teufel jagt? Dieser Dimidow scheint eine private Irrenanstalt zu besitzen.«

»Nimm den Knebel weg!« Diese Worte schreckten mich plötzlich auf. Petrokin hatte sie gesagt. Jetzt erst bemerkte ich, dass am anderen Ende des Tisches ein kleiner dicker Mann saß, der die Hände auf dem Rücken gefesselt trug und dessen Mund durch ein umgebundenes Taschentuch verschlossen war. Ein schrecklicher Verdacht begann sich in meinem Inneren zu regen. Wo war ich? War ich bei Mr Dimidow? Wer waren diese Männer mit ihren eigentümlichen Reden?

»Nimm den Knebel weg!«, wiederholte Petrokin, und das Taschentuch wurde losgebunden.

»Paul Iwanowitsch!«, sagte er. »Was hast du zu deiner Rechtfertigung anzuführen, bevor du gehst?«

»Nur keine Entlassung«, bat er, »keine Entlassung! Alles, nur das nicht! Ich will in irgendein fernes Land gehen, mein Mund soll für immer versiegelt sein.«

»Du kennst unsere Gesetze, und du kennst dein Verbrechen«, sagte Alexis in kaltem, hartem Ton. »Wer vertrieb uns aus Odessa mit seiner falschen Zunge? Wer schrieb den anonymen Brief an den Gouverneur? Wer zerschnitt den Draht, der den Erztyrannen vernichtet hätte? Du warst es, Paul Iwanowitsch, und du musst sterben!«

Ich lehnte mich in meinen Stuhl zurück und schnappte nach Luft.

»Fort mit ihm!«, rief Petrokin, und der Mann von der Droschke stieß ihn mithilfe von zwei anderen aus dem Saal hinaus.

Ich hörte ihre Schritte im Gang drunten verhallen, dann eine Tür zuschlagen. Hierauf ein Gepolter, wie von einem kurzen Kampf herrührend, einen schweren, dumpfen Fall, und es war still …

»So enden alle, die ihren Eid brechen«, sagte Alexis feierlich, und ein raues Amen ertönte rings aus dem Mund der Genossen.

»Der Tod allein kann uns aus unserer Gesellschaft lösen«, sagte ein Mann weiter unten; »aber Mr Berg-, ich wollte sagen Robinson ist blass. Die Szene war zu viel für seine Nerven nach der langen Reise von England hierher.«

»Oh Tom«, dachte ich, »wenn du je aus der Geschichte rauskommst, dann fängst du ein neues Leben an!« Es schien mir nur zu klar, dass ich durch irgendein eigentümliches Missverständnis in die Gesellschaft einer kaltblütigen Nihilistenbande geraten war, die mich für einen der Ihren hielt. Ich hatte das Gefühl, dass ich nach meinem bisherigen Verhalten einzig und allein dadurch mein Leben würde retten können, dass ich die Rolle, die mir derart aufgezwungen worden war, zu Ende zu spielen versuchte, bis sich irgendeine Gelegenheit zur Flucht von selbst böte.

»Ich bin wirklich müde«, erwiderte ich; »doch jetzt fühle ich mich etwas besser. Entschuldigen Sie meine vorübergehende Schwäche!«

»Sie war sehr natürlich«, sagte ein Mann mit einem starken Bart zu meiner Rechten. »Und jetzt, Verehrtester, wie steht es mit unserer Sache in England?«

»Ausnehmend gut«, antwortete ich.

»Hat das Oberkomitee eine Botschaft für den Soltewer Zweig bestimmt?«, fragte Petrokin.

»Nichts Schriftliches«, erwiderte ich.

»Es war aber von einem Auftrag die Rede?«

»Jawohl; man hat mich beauftragt, zu bestätigen, dass man das Verhalten des Soltewer Zweiges mit der größten Befriedigung verfolgt habe.«

»Gut so! Gut so!«, hieß es rings um den Tisch.

Ich fühlte mich durch die Schwere meiner Lage niedergedrückt und unwohl. Jeden Augenblick konnte eine Frage fallen, die mich in die größte Verlegenheit versetzen musste. Ich stand auf und bediente mich mit Wodka, von dem eine Flasche auf einem Tischchen an der Wand stand. Das anregende Getränk floss mir durch die Adern, und als ich mich wieder setzte, fühlte ich mich soweit gestärkt, dass mich meine Lage fast belustigte und ich geneigt war, mit meinen Peinigern zu spielen.

»Sie sind in Birmingham gewesen?«, fragte der Mann mit dem Bart.

»Oft«, erwiderte ich.

»Dann haben Sie sicherlich die geheime Werkstätte und das Arsenal gesehen?«

»Natürlich, mehr als einmal.«

»Bis jetzt hat die Polizei immer noch keine Ahnung davon?«, fuhr mein Ausfrager fort.

»Keine blasse Ahnung«, bestätigte ich.

»Können Sie uns sagen, wie es möglich ist, dass man eine so große Anlage so vollständig geheim halten kann?«

Das war ein schwieriger Punkt; aber meine angeborene Frechheit und der Schnaps schienen mir zu Hilfe zu kommen.

»Dies ist eine Information«, erwiderte ich, »die ich sogar hier unter Ihnen auszuplaudern mich nicht für berechtigt fühle.«

»Sie haben recht, völlig recht«, sagte mein alter Freund Petrokin. »Sie wollen, denke ich, zuerst Ihren Rapport beim Hauptkomitee in Moskau erstatten, bevor Sie sich in solche Einzelheiten einlassen dürfen.«

»Ganz richtig«, erwiderte ich, nur zu glücklich, einen Ausweg aus dieser Schwierigkeit gefunden zu haben.

»Wir haben gehört«, sagte Alexis, »dass man Sie abgesandt hat, um die ›Livadia‹ zu inspizieren. Können Sie uns darüber etwas mitteilen?«

»Wenn Sie mir diesbezügliche Fragen stellen wollen, so will ich sie zu beantworten suchen, so gut ich kann«, erwiderte ich halb verzweifelt.

»Hat man in Birmingham irgendwelche Befehle in Bezug darauf erteilt?«

»Nein, wenigstens nicht vor meiner Abreise aus England.«

»Gut, gut! Es ist ja noch eine lange Zeit bis dahin«, sagte der Mann mit dem Bart, »noch eine Reihe von Monaten. Wird der Boden aus Holz oder Eisen sein?«

»Aus Holz«, antwortete ich aufs Geratewohl.

»Wie viele Passagiere hält das Schiff?«, fragte ein bleichsüchtiger Jüngling unten am Tisch, der mir mehr in ein Schulzimmer als in diese Mörderspelunke zu gehören schien.

»Etwa dreihundert«, sagte ich.

»Ein schwimmender Sarg«, bemerkte der junge Nihilist mit Grabesstimme.

»Sind die Gepäckräume auf derselben Höhe wie die Kabinen oder darunter?«, fragte Petrokin.

»Darunter«, sagte ich mit entschiedener Betonung, obwohl ich kaum zu sagen brauche, dass ich nicht die geringste Idee davon hatte.

»Und jetzt bitte ich Sie, uns mitzuteilen«, sagte Alexis, »was der Schweizer Führer auf Ravinskys Bekanntmachung antwortete.«

Dies war eine tödliche Falle. Ob meine Keckheit mich daraus gezogen hätte oder nicht, wurde nicht entschieden, da mich die Fügung von dem einen Dilemma in ein anderes trieb. Ich hörte daneben eine Tür gehen und rasche Schritte näherkommen. Sodann klopfte es einmal sehr laut an die Tür, zwei Mal darauf leiser.

»Das Erkennungszeichen der Gesellschaft«, sagte Petrokin. »Wir sind doch alle versammelt! Wer kann es denn nur sein?«

Die Tür flog auf, und ein Mann trat ein,

schmutzig und von einer langen Reise offenbar sehr erschöpft. Er hatte ein rechtes Herrschergesicht und überflog mit seinen kühnen Augen die Versammlung, indem er einen nach dem anderen scharf und eingehend ansah. Alles war höchlichst erstaunt. Er war offenbar keinem von ihnen bekannt.

»Wie kommen Sie dazu, hier einzubrechen?«, sagte mein Nachbar mit dem Bart.

»Wie, einbrechen?«, fragte der Fremde. »Man ließ mich verstehen, dass ich erwartet würde; ich hatte auf einen wärmeren Empfang vonseiten meiner Genossen gerechnet! Ich bin für Sie persönlich ein Unbekannter, aber ich denke, mein Name sollte mir Ihnen gegenüber als Empfehlung dienen: Ich bin der englische Agent Gustave Berger und habe Briefe vom Oberkomitee an die Brüder in Soltew zu überbringen!«

Wäre eine ihrer eigenen Bomben unter sie geschleudert worden, sie hätte kaum ein so großes Erstaunen unter ihnen erregt wie diese Worte. Einer nach dem anderen richtete seine Augen auf mich und den neuangekommenen Agenten.

»Wenn Sie tatsächlich Gustave Berger sind«, sagte Petrokin, »wer ist der Herr da?«

»Dass ich Gustave Berger bin, können Sie aus diesen Papieren ersehen«, sagte der Fremde, indem er ein Paket auf den Tisch warf. »Wer dieser Herr ist, weiß ich nicht; falls er sich jedoch aufgrund falscher Vorspiegelungen hier eingeschlichen hat, so ist klar, dass er niemals ausplaudern darf, was er in diesem Saal erfahren hat.«

Ich fühlte, dass meine Zeit gekommen war. Ich hatte meinen Revolver in der Tasche; aber was nützte mir der gegen so viele entschlossene Männer? Ich umklammerte seinen Griff, wie ein Ertrinkender nach einem Strohhalm greift, und gab mir Mühe, meine Kaltblütigkeit zu bewahren.

»Meine Herren!«, sagte ich endlich. »Die Rolle, die ich heute Abend gespielt, habe ich wenigstens nicht freiwillig angenommen. Ich bin kein Polizeispitzel, wie Sie zu vermuten scheinen, noch habe ich andererseits die Ehre, Mitglied Ihrer Gesellschaft zu sein. Ich bin ein unschuldiger Kornhändler, der durch ein außergewöhnliches Missverständnis in diese unerfreuliche und peinliche Lage geraten ist.«

Für einen Augenblick schwieg ich. War es eine Täuschung, oder war tatsächlich ein merkwürdiger Lärm auf der Straße, wie wenn viele Menschen sanft aufzutreten sich Mühe geben, aber doch nicht jedes Geräusch vermeiden können? Nein, ich hörte nichts mehr; es war nur mein eigener Herzschlag.

»Ich brauche wohl nicht zu sagen«, fuhr ich fort, »dass ich keine Silbe von dem erzählen werde, was mir heute Nacht begegnet ist. Ich gebe mein feierliches Ehrenwort!«

Die Sinne des Menschen werden bei großer äußerer Gefahr ganz außerordentlich scharf, oder spielt ihm seine Phantasie sonderbare Streiche? Ich hatte den Rücken der Tür zugewandt, aber ich hätte schwören können, dass ich schwere Atemzüge dahinter hörte.

Ich sah wieder die Gesellschaft an. Immer noch dieselben unerbittlichen, grausamen Gesichter. Nicht ein teilnehmender Blick. Ich spannte den Hahn meines Revolvers in der Tasche.

Das peinliche Schweigen wurde endlich durch die Stimme Petrokins gebrochen.

»Versprechen gibt man leicht, und ebenso leicht bricht man sie«, sagte er. »Es gibt nur einen Weg, um uns für immer Schweigen zu sichern. Es handelt sich um Ihr oder um unser

Leben. Wir wollen den Höchsten unter uns sprechen lassen«, fügte er mit einem Blick auf Berger hinzu.

»Sie haben recht«, sagte der englische Agent; »es gibt nur einen einzigen Weg. Er muss entlassen werden.«

Ich wusste, was dieser Ausdruck bedeutete, und sprang auf.

»Beim Himmel«, schrie ich, indem ich mich gegen die Tür lehnte, »ihr sollt einen freien Engländer nicht gleich einem Schaf abschlachten! Der erste von euch, der sich muckst, wird erschossen!«

Einer sprang auf mich zu. Über dem Lauf meines Revolvers sah ich ein Messer blitzen. Ich feuerte ab; ein Schrei, und ein krachender Hieb von hinten schlug mich zu Boden. Halb bewusstlos, von einem schweren Gegenstand zu Boden gedrückt, hörte ich noch Schreie und Schläge über mir. Dann verlor ich das Bewusstsein.

Als ich wieder zu mir kam, lag ich unter den Trümmern der Tür, die hinter mir eingeschlagen worden war. Ein Dutzend der Leute, die kurz vorher über mich zu Gericht gesessen hatten, stand auf der anderen Seite, je zwei und zwei zusammengefesselt; eine Abteilung Soldaten bewachte sie. Neben mir lag der Leichnam des unglücklichen englischen Agenten, dem der Schuss das Gesicht förmlich zerrissen hatte. Alexis und Petrokin lagen gleich mir am Boden, beide schwer verwundet.

»Na, junger Mann! Sie haben Glück gehabt, zu entkommen. Ich gratuliere«, hörte ich eine herzliche Stimme sagen.

Ich sah auf und erkannte in dem Sprecher meinen schwarzäugigen Gefährten von der Eisenbahnfahrt.

»Stehen Sie auf!«, fuhr er fort. »Sie sind nur ein wenig geschürft; es ist nichts gebrochen. Es ist kein Wunder, dass ich Sie irrtümlich für den nihilistischen Agenten hielt, wenn der Herr Gastgeber selbst darauf hineinfiel. Kommen Sie hinunter mit mir! Ich weiß jetzt, wer Sie sind und was Sie vorhaben. Ich will Sie zu Mr Dimidow führen. Nein, gehen Sie nicht hier hinein!«, rief er, als ich auf die Tür der Zelle zuging, in die ich ursprünglich geführt worden war. »Kommen Sie heraus aus dem Loch! Sie haben genügend Schlimmes für einen Tag gesehen. Kommen Sie und trinken Sie ein Glas Wodka!«

Er erklärte mir, als wir zum Hotel gingen, dass die Polizei von Soltew, deren Chef er war, Warnungen erhalten hatte und seit einiger Zeit sich nach dem nihilistischen Abgesandten umschaute. Meine Ankunft an einem so selten besuchten Ort, mein geheimnisvolles Verhalten und die englischen Etiketten auf Gregorys verfluchtem Handkoffer hatten das Maß vollgemacht.

Ich habe wenig mehr zu berichten. Meine anarchistischen Bekannten wurden zum Teil zum Tode verurteilt, zum Teil nach Sibirien verbannt. Mein Auftrag wurde zur Zufriedenheit meines Chefs erledigt. Mein Betragen während des ganzen Geschäfts hat mir ein Avancement verschafft, und meine Aussichten für die Zukunft sind glänzend seit jener schrecklichen Nacht, die mich noch heute schaudern macht, wenn ich nur daran denke.

Das geheimnisvolle Kästchen

»Alles an Bord?«, fragte der Kapitän.

»Alles an Bord, Kapitän!«, antwortete der erste Steuermann.

»Gut! Machen Sie klar zur Abfahrt!«

Es war an einem Mittwoch um neun Uhr morgens. Die »Sparta« lag am Hauptkai von Boston, die Ladung war verstaut, die Passagiere an Bord, alles zur Abfahrt bereit. Zwei Mal ertönte die Dampfpfeife, das letzte Glockensignal wurde gegeben. Das Bugspriet des Schiffes war England zugekehrt, und das Zischen des entweichenden Dampfes kündigte an, dass alles für die Fahrt von vielen tausend Meilen bereit war. Die »Sparta« zerrte an ihren Ketten, einem Windhund gleich, den nur die Leine zurückhält.

Ich bin unglücklicherweise sehr nervös veranlagt. Schon als ich noch ein Junge war, bildete eine ausgesprochene Vorliebe für die Einsamkeit einen meiner hervorstechendsten Charakterzüge; dieser krankhafte Hang wurde durch das sesshafte Leben des Schriftstellers nur noch verstärkt. Als ich auf dem Quarterdeck des Ozeandampfers stand, fluchte ich weidlich auf die Notwendigkeit, die mich zwang, das Land meiner Vorfahren wieder aufzusuchen. Das Geschrei der Matrosen, das Gerassel des Tauwerks, die Abschiedsgrüße der Mitreisenden und die Rufe aus der Volksmenge an Land, all dies wirkte auf mein empfängliches Gemüt ein. Außerdem war ich selbst schon etwas traurig gestimmt. Ein unbeschreibliches Gefühl, wie eine Vorahnung irgendeines mir bevorstehenden Unglücks verfolgte mich. Das Meer war ruhig, nur eine leichte Brise kräuselte die Wellen. Es war selbst für die eingefleischteste Landratte nicht der geringste Anlass zur Beängstigung vorhanden. Und doch hatte ich das Gefühl, als stände ich am Rand einer großen, wenn auch nicht näher zu bestimmenden Gefahr. Ich habe die Beobachtung gemacht, dass Menschen mit meiner eigentümlichen Charakterveranlagung oft von solchen Vorahnungen heimgesucht werden und dass diese nicht selten eintreffen. Diese Theorie stützt sich auf die Annahme, dass es ein sogenanntes zweites Gesicht gibt, einen sehr losen geistigen Zusammenhang mit der Zukunft.

Ich erinnere mich noch sehr gut, dass der ausgezeichnete Spiritist Raumer bei einer Gelegenheit bemerkte, ich sei der sensibelste Mensch (gerade in Beziehung auf übernatürliche Erscheinungen), der ihm im Verlauf seiner ausgedehnten Tätigkeit als Experimentator vorgekommen sei. Mag dem nun sein, wie ihm wolle, soviel ist sicher, dass meine Stimmung weit von dem entfernt war, was man »glücklich« nennt, als ich mich durch die weinenden und lachenden Gruppen hindurchdrängte, die auf dem blankgescheuerten Verdeck der »Sparta« herumstanden. Hätte ich geahnt, welches Schicksal meiner im Verlauf der nächsten zwölf Stunden harrte, ich wäre selbst im letzten Augenblick noch an Land gesprungen und aus dem Bereich des verwunschenen Schiffes entflohen.

»Fertig!«, rief der Kapitän, klappte seinen Chronometer zu und steckte ihn in die Tasche. »Fertig!«, ertönte die Stimme des ersten Steuermanns.

Es pfiff zum letzten Mal; ein vielstimmiges Gemurmel erhob sich unter den Freunden und Verwandten der Passagiere an Land. Eine Kette wurde losgemacht, eben wollte man den Steg zurückziehen, da ertönte von der Landungsbrücke her ein Ruf, und zwei Männer erschienen im vollsten Lauf auf dem Kai. Sie winkten mit den Händen und machten aufgeregte Gebärden, augenscheinlich mit der Absicht, den Kapitän zum Halten zu bewegen.

»Rasch, rasch!«, tönte es aus der Menge. »Stopp!«, befahl der Kapitän. »Hinauf den Steg!«

Die zwei Männer sprangen in dem Augenblick an Bord, als die zweite Kette klatschend auf das Wasser aufschlug. Die Maschinen setzten sich stampfend in Bewegung; ein letztes Lebewohl an Deck, ein letztes am Kai, Hunderte von Taschentüchern flatterten in der Luft, das prächtige Fahrzeug furchte sich seinen Weg aus dem Hafen, und in majestätischem Bogen fuhr es durch die ruhige Bucht ins offene Meer hinaus.

Unsere lange Seereise hatte begonnen. Die Passagiere drängten sich durcheinander, um ihr Gepäck zu erhalten oder ihre Kabinen aufzusuchen, während das Knallen von Champagnerkorken im Salon verkündete, dass mehr als ein unglücklicher, vereinsamter Reisender zu künstlichen Mitteln griff, um die Trennungsschmerzen zu lindern. Ich schlenderte rund um das Verdeck herum, um eine rasche Übersicht über meine Mitreisenden zu bekommen. Sie gehörten im Allgemeinen den Typen an, die man bei solchen Gelegenheiten anzutreffen pflegt. Es war nicht ein besonderes Gesicht unter ihnen. Ich spreche hier als Kenner, denn Physiognomien sind eine Spezialität von mir. Ich stürze mich auf ein interessantes Gesicht wie ein Botaniker auf eine seltene Pflanze und nehme es in mich auf, um es nach Belieben zu analysieren, zu klassifizieren und in mein kleines anthropologisches Museum einzureihen. Doch hier fand ich kein einziges, das meiner Sammlung würdig gewesen wäre. Etwa zwanzig Vertreter Jungamerikas, die Europa besuchen wollten, als Gegenmittel hierfür etliche ehrbare Ehepaare in gesetzterem Alter, dazu einige wenige Geistliche und Fachmenschen, junge Damen, Kaufleute, Engländer und die gesamte *olla podrida*, die man gewöhnlich auf einem Ozeandampfer vorfindet. Ich wandte mich von ihnen ab und schaute auf die immer mehr in der Ferne sich verlierende Küste Amerikas zurück, und als sich ein Schwarm von Erinnerungen vor meinem Geist erhob, schlug mein Herz doch ein wenig in dankbarer Erinnerung an mein Adoptivvaterland. Zufällig lag ein Haufen Gepäck auf einer Seite des Verdecks, der noch nicht hinuntergeschafft worden war. Bei meiner alten Vorliebe für die Einsamkeit ließ ich mich zwischen den Gepäckstücken und der Reling auf einem Bündel von Tauen nieder und versank in melancholische Träumerei.

Ein Geflüster hinter mir störte mich in meinen Betrachtungen. »Hier ist ein ruhiges Plätzchen!«, hörte ich eine Stimme sagen. »Setz dich. Wir können hier in aller Sicherheit darüber reden.« Durch eine Spalte zwischen zwei riesigen Kisten erblickte ich die beiden Passagiere, die das Schiff im letzten Augenblick erreicht hatten; sie standen auf der anderen Seite des Gepäckhaufens. Sie hatten mich offenbar nicht gesehen, da mich die Kisten vor ihren Blicken verborgen hatten. Der Sprecher war ein großer, sehr magerer Mann mit einem tiefschwarzen Bart und einem bleichen Gesicht. Seine Bewegungen waren nervös, aufgeregt. Sein Begleiter war von kurzer Statur und hatte ein vollblütiges Gesicht; er sah munter und entschlossen aus. Er hatte eine Zigarre im Mund und einen weiten Ulster über seinen linken Arm geschlagen. Beide schauten unsicher und misstrauisch um sich, wie wenn sie sich versichern wollten, dass sie allein seien. »Der Platz ist gerade recht«, hörte ich den anderen sagen. Sie setzten sich auf eine breite Kiste, sodass sie mir den Rücken zuwandten, und so wurde ich, sehr gegen meinen Willen, unfreiwilliger Zeuge ihrer Unterhaltung.

»Na, Muller«, sagte der Längere von den zweien, »wir haben es gerade noch rechtzeitig an Bord gebracht.«

»Jawohl«, bestätigte der andere, mit »Muller« Angeredete, »jetzt ist es in Sicherheit.«

»Es hing wahrlich an einem Haar!«

»Bei Gott, Flannigan.«

»Es wäre fatal gewesen, wenn wir das Schiff verpasst hätten.«

»Ja, wahrlich! Das hätte uns einen schönen Strich durch die Rechnung gemacht.«

»Hätte unsere Pläne völlig zerstört«, sagte der kleine Mann und paffte für einige Minuten wütend an seiner Zigarre.

»Ich hab's hier«, sagte er schließlich.

»Lass es mich sehen!«

»Sieht auch niemand zu?«

»Nein, sie sind fast alle unten.«

»Wir können gar nicht vorsichtig genug sein, wenn so viel auf dem Spiel steht«, meinte Muller, als er den Ulster, der über seinem Arm hing, zurückschlug und einen dunklen Gegenstand vorsichtig auf die Planken des Verdecks stellte. Ein Blick darauf genügte, mir ein derartiges Entsetzen einzujagen, dass ich aufsprang und nur mit Mühe einen Ausruf unterdrückte. Zum Glück waren sie derartig in ihre Unterhaltung vertieft, dass mich keiner bemerkte. Hätten sie sich umgedreht, so hätten sie sehen können, wie ich sie mit bleichem Gesicht über die aufgetürmten Kisten anstarrte.

Im ersten Moment ihrer Unterhaltung war eine fürchterliche Ahnung über mich gekommen. Sie wurde nur bestärkt, als ich den erwähnten Gegenstand erblickte: Es war ein kleines, viereckiges Kästchen etwa einen Kubikfuß groß, soviel ich schätzen konnte, aus dunklem Holz, mit Messingbeschlägen. Es erinnerte mich an ein Pistolenkästchen, nur war es entschieden höher. Ein Anhängsel war daran befestigt: An diesem blieb mein Blick haften, und dieses war es wohl, das mir eher als das Kästchen selbst den Gedanken an Schusswaffen nahelegte. Jenes war in der Art eines Drückers auf dem Deckel angebracht; ein Stückchen Bindfaden war daran befestigt. Neben dem Drücker konnte ich eine kleine viereckige Öffnung im Holz unterscheiden. Der Größere, Flannigan, wie ihn sein Gefährte nannte, näherte sein Auge der Öffnung und starrte einige Minuten hinein, während deren sein Gesicht einen Ausdruck gespanntester Aufmerksamkeit annahm.

»Es scheint ganz in Ordnung zu sein«, sagte er schließlich.

»Ich gab mir Mühe, es nicht zu schütteln«, bemerkte sein Begleiter.

»Solch zarte Sachen muss man auch zart behandeln. Tu einige von den Dingern hinein, Muller. Es wird nötig sein.«

Der Kleinere von beiden suchte einige Zeit in seinen Taschen und brachte endlich eine kleine Papiertüte zum Vorschein. Er öffnete sie und nahm eine halbe Hand voll weißliche Körner daraus heraus, die er durch das Loch in das Kästchen warf. Ein eigentümliches Geräusch wie ein kurzes scharfes Ticken erfolgte im Innern des Kästchens; beide lächelten befriedigt.

»Es scheint nichts Schlimmes passiert zu sein«, bemerkte Flannigan.

»Alles in Ordnung!«, erwiderte der andere.

»Pass auf! Da kommt jemand. Trag es hinunter in dein Bett. Es wäre nicht gut, wenn irgendwer argwöhnte, was wir vorhaben, oder, noch schlimmer, das Ding in die Hände bekäme und es aus Versehen losgehen ließe.«

»Nun ja, es würde schließlich dasselbe Ergebnis herbeiführen, wenn es auch ein anderer losließe.«

»Die wären nicht wenig erstaunt, wenn sie am Drücker knipsen würden«, sagte der Lange mit unheimlichem Lachen. »Ha, ha, denk dir ihre Gesichter! 's ist kein schlechtes Stück Arbeit, ich schmeichle mir selber damit.«

»Nein, wirklich«, sagte Muller. »Es ist ganz deine eigene Erfindung, jedes Stückchen daran, nicht wahr?«

»Jawohl, Feder und Klappe sind von mir.«

»Wir sollten es patentieren lassen.«

Und wiederum lachten die zwei Männer in

kaltem, hartem Ton, als sie das kleine messing-
beschlagene Kästchen vom Boden nahmen und
in Mullers weitem Mantel wieder versteckten.

»Komm mit hinunter! Wir wollen es in meinem Bett verstauen«, sagte Flannigan. »Wir
brauchen es ja nicht, bevor es Nacht wird, und
dort wird es am besten aufgehoben sein.«

Sein Genosse war einverstanden, und die zwei
Männer schlenderten Arm in Arm das Verdeck
entlang und verschwanden mit dem geheimnisvollen Kästchen in der Luke. Die letzten Worte,
die ich hörte, waren eine Aufforderung an Flannigan, es vorsichtig zu tragen und zu vermeiden,
es irgendwo anzustoßen.

Ich weiß nicht mehr, wie lange ich auf jenem
Taubündel sitzen blieb. Das Entsetzen, das mir
die Unterhaltung eingeflößt hatte, deren Zeuge
ich eben gewesen war, wurde noch durch die ersten Anzeichen der Seekrankheit verstärkt. Die
großen Wogen des Atlantischen Ozeans begannen ihren Einfluss auf die Passagiere geltend zu
machen. Ich fühlte mich an Leib und Seele wie
zerschlagen und fiel in einen lethargischen Zustand, aus dem mich endlich die Stimme unseres
würdigen Stewards aufweckte.

»Macht es Ihnen etwas aus, Sir«, sagte er, »wenn ich das Zeug da wegnehme? Wir möchten das Verdeck von diesem Gerümpel säubern.«

Seine kurz angebundene Art und sein rotes, gesundes Gesicht kamen mir in meinem jetzigen Zustand wie eine persönliche Beleidigung vor. Wäre ich ein mutiger oder starker Mensch gewesen, so hätte ich zweifellos mit ihm Streit angefangen. In meiner üblen Stimmung jedoch warf ich ihm nur einen vielsagenden finsteren Blick zu, der ihm, wie es schien, kein geringes Erstaunen einflößte, und begab mich nach der anderen Seite des Verdecks. Das einzige, was ich jetzt wünschte, war, allein zu sein, um über das fürchterliche Verbrechen nachzudenken, das sich vor meinen Augen entwickelte und ausgeführt werden sollte. Eines der Boote hing ziemlich niedrig in seinen Davits. Der Gedanke schoss mir durch den Kopf, in dasselbe hineinzuklettern, was mir auch gelang. So lag ich nun im Boot auf dem Rücken, nichts als den blauen Himmel über mir; wenn auch gelegentlich ein Stück des Besansegels in meinen Gesichtskreis kam, wenn sich das Schiff zur Seite neigte, war ich doch jetzt wenigstens mit meiner Seekrankheit und meinen Gedanken allein.

Ich versuchte, mir die Worte wieder ins Gedächtnis zurückzurufen, die in dem schrecklichen Zwiegespräch gefallen waren, das ich mit angehört hatte. Ließen sie keine andere Auslegung zu als die eine, die ich vor Augen hatte? Mein Verstand zwang mich, zuzugeben, dass eine andere Deutung nicht möglich war. Ich gab mir Mühe, die verschiedenen Tatsachen für sich zu prüfen, welche, zu einer Kette aneinandergereiht, diesen Schluss mit Notwendigkeit ergaben, und versuchte, darin einen Mangel oder Fehler nachzuweisen; aber nein, nicht ein einziges Glied fehlte in der Kette. Da war zum Beispiel die eigentümliche Art und Weise, wie unsere zwei Passagiere an Bord gekommen waren und die ihnen gestattet hatte, jeder Untersuchung ihres Gepäcks zu entgehen. Selbst der Name des einen, Flannigan, schmeckte verdächtig nach einem Anhänger der Fenier*, während der Name Muller an einen Sozialisten und

* Fenier: die Fenian Brotherhood, eine Geheimorganisation ethnischer Iren in den USA, die für den irischen Unabhängigkeitskampf gegründet wurde.

Mörder denken ließ. Dann ihr merkwürdiges Benehmen, ihre Bemerkung, dass ihre Pläne vernichtet worden wären, wenn sie das Schiff nicht mehr erreicht hätten; ihre Vorsicht, um nicht beobachtet zu werden, und schließlich – und das war nicht das am wenigsten Wichtige – die Vorführung des kleinen viereckigen Kästchens mit dem Drücker und ihre grimmigen Scherze über das erstaunte Gesicht desjenigen, der das Ding aus Versehen losließe. Konnten alle diese Tatsachen zu einem anderen Schluss führen, als dass sie von irgendeiner geheimen Vereinigung, vielleicht politischer Art, ausgesandt worden waren und die Absicht hatten, sich selbst, ihre Mitreisenden und das Schiff durch eine Explosion vielleicht zu vernichten? Die weißlichen Körner, die einer von ihnen, wie ich beobachtet, in das Kästchen geworfen hatte, waren ohne Zweifel Zünder irgendwelcher Art, um es zum Explodieren zu bringen. Ich selbst hatte gehört, wie vom Innern heraus ein Ton wohl von irgendeinem Teil der fein gebauten Maschinerie kam. Aber was meinten sie mit ihrer Anspielung auf heute Nacht? War es möglich, dass sie ihren schauderhaften Plan schon am ersten Abend unserer

Reise wollten zur Tat werden lassen? Beim bloßen Gedanken daran lief mir ein kalter Schauer über den Rücken und machte mich für einen Augenblick selbst für die Qualen der Seekrankheit unempfindlich.

Ich habe die Beobachtung gemacht, dass ich in physischer Beziehung ein Feigling bin. Ich bin aber auch einer in moralischer Hinsicht. Es kommt selten vor, dass sich diese zwei Fehler in solch bedeutendem Maß in einem einzigen Charakter vorfinden. Ich habe viele Männer kennengelernt, die sehr ängstlich in Beziehung auf körperliche Gefahren waren und sich doch durch eine unbeeinflussbare Logik und Festigkeit im Denken auszeichneten. Was mich persönlich anbelangt, muss ich jedoch leider gestehen, dass ich infolge meiner ruhigen und zurückgezogenen Lebensweise eine nervöse Abneigung davor habe, irgendetwas Bemerkenswertes zu tun oder mich selbst in den Vordergrund zu drängen, eine Abneigung, die, wenn das überhaupt möglich ist, meine Furcht vor persönlichen Gefahren noch übertrifft. Ein gewöhnlicher Sterblicher, in die Umstände versetzt, in denen ich mich jetzt befand, wäre geradewegs zum Kapitän gegangen, hätte ihm seine Befürchtungen mitgeteilt und ihm die ganze Angelegenheit zur Behandlung übergeben. Mir indes, wie ich eben veranlagt bin, widerstrebte ein solches Vorgehen aufs Entschiedenste. Der Gedanke, von einer Reihe von Menschen ins Auge gefasst, durch einen Fremden einem Kreuzverhör unterzogen und zwei verzweifelten Verschwörern als Denunziant gegenübergestellt zu werden, war mir unerträglich. Könnte nicht durch eine entfernter liegende Möglichkeit, die mir entging, bewiesen werden, dass ich mich irrte? Wie würde ich dastehen, wenn sich herausstellen sollte, dass meine Gründe für eine derartige Anklage nicht triftig genug gewesen waren. Nein! Zunächst wollte ich dies aufschieben; ich wollte die beiden Desperados im Auge behalten und sie auf Schritt und Tritt bewachen. Dies war entschieden besser, als mit der Möglichkeit rechnen zu müssen, an den Pranger gestellt zu werden.

Da fiel mir ein, dass in demselben Augenblick vielleicht die Verschwörung in ein neues Stadium treten könnte. Meine innere Erregung hatte, wie mir scheint, den ursprünglichen Anfall von Seekrankheit vertrieben, da ich aufstehen und vom

Boot herunterklettern konnte, ohne dass er sich wiederholt hätte. Ich schlenderte das Verdeck entlang, in der Absicht, in den Salon zu gehen und nachzusehen, wie sich meine Bekannten von heute Morgen wohl beschäftigten. Ich hatte schon die Hand auf dem Treppengeländer, da erhielt ich zu meinem großen Erstaunen einen herzlichen Klaps auf den Rücken, der mich um ein Haar mit mehr Schnelligkeit als Würde die Treppe hinunterbefördert hätte.

»Bist du es, Hammond?«, rief eine Stimme, die mir bekannt vorkam.

»Himmel«, rief ich, als ich mich umdrehte, »ist's möglich? Du, Dick Merton? Wie geht's, wie steht's, altes Haus?«

Dies war ein unerwarteter glücklicher Zufall, der mitten in meine Verlegenheiten hineinplatzte. Dick war gerade der Mann, den ich brauchte; freundlich und scharfsinnig in seinem Wesen, prompt und entschlossen in seinen Handlungen; ich würde ihm ohne Schwierigkeit meinen Verdacht mitteilen und mich auf seinen gesunden Menschenverstand verlassen können, den besten Weg zur Verfolgung der Angelegenheit zu finden. Seit ich als kleiner Junge mit Dick zusammen in der zweiten Schulklasse in Harrow gesessen, war er mein Ratgeber und Beschützer gewesen. Mit einem Blick sah er, dass irgendetwas mit mir nicht in Ordnung war.

»Nanu«, meinte er in seiner freundlichen Art, »was zum Kuckuck ist denn los mit dir, Hammond? Du bist ja weiß wie Leinwand; Seekrankheit, was?«

»Nein, das nicht im Geringsten«, antwortete ich. »Wir wollen ein wenig auf und ab gehen, Dick; ich muss mit dir reden. Gib mir deinen Arm.«

Ich stützte mich auf Dicks riesenhafte Statur und wackelte an seiner Seite entlang, aber es dauerte einige Zeit, bis ich mich entschließen konnte, zu sprechen.

»Zünde dir eine Zigarre an!« Mit diesen Worten brach er das Schweigen.

»Nein, danke«, antwortete ich. »Dick«, fuhr ich fort, »heute Nacht sollen wir alle zusammen ins Jenseits befördert werden!«

»Das ist kein Grund dafür, dass du jetzt keine Zigarre rauchst«, sagte Dick in seiner kühlen Art, indem er mich jedoch bei diesen Worten unter seinen buschigen Augenbrauen hervor scharf ansah. Er dachte offenbar, dass ich etwas an Verstand eingebüßt hatte.

»Nein«, fuhr ich fort, »es ist nicht zum Lachen, mein Lieber. Ich versichere dich, es ist mein heiliger Ernst. Ich habe eine schändliche Verschwörung entdeckt, Dick; man will dies Schiff und zugleich mit ihm jede Seele darauf in die Luft sprengen.«

Dann machte ich mich daran, ihm die Reihe von Tatsachen, die ich gesammelt hatte, systematisch geordnet vorzuführen. »Das wär's, Dick«, sagte ich, als ich damit fertig war, »was hältst du davon, und vor allem, was soll ich tun?«

Zu meinem Erstaunen brach Dick in ein herzliches Gelächter aus. »Ich wäre erschrocken«, sagte er, »wenn mir irgendjemand außer dir diese Dinge erzählt hätte. Du aber, Hammond, hattest immer eine Vorliebe, Schauergeschichten zu entdecken. Es freut mich, diesen alten Zug an dir wieder vorzufinden. Weißt du noch, wie du in der Schule schworst, im langen Saal gehe ein Geist um, und wie sich dann herausstellte, dass es dein eigenes Bild im Spiegel war? Nun, mein Lieber«, fuhr er fort, »was könnte irgendjemand für ein Interesse daran haben, dies Schiff zu zerstören? Wir haben keine Persönlichkeiten von politischer Bedeutung an Bord; im Gegenteil, die meisten Passagiere sind Amerikaner. Außerdem sind in unserem nüchternen neunzehnten Jahrhundert selbst die Massenmörder so vernünftig, ihre eigene Haut nicht mit der ihrer Opfer zu Markt zu tragen. Verlass dich darauf, du hast sie falsch verstanden und hast einen fotografischen oder ähnlich unschuldigen Apparat für eine Höllenmaschine gehalten!«

»Nicht im Geringsten«, brummte ich etwas gereizt. »Ich fürchte, du wirst schon zu deinem eigenen Schaden erfahren, dass ich nicht ein Wort übertrieben oder falsch ausgelegt habe. Was das Kästchen anbelangt, so habe ich sicherlich niemals ein ähnliches gesehen. Es beherbergt eine feine Maschinerie; davon bin ich schon durch die Art und Weise überzeugt, wie die zwei davon sprachen und damit umgingen.«

»Wenn dies dein ganzer Beweis ist«, meinte Dick, »glaube ich, du könntest aus jedem Päckchen verderblicher Waren eine Höllenmaschine zusammenbauen.«

»Der Mann hieß aber Flannigan«, fuhr ich hartnäckig fort.

»Damit würdest du vor Gericht nicht viel erreichen, schätze ich. Doch komm, meine Zigarre ist zu Ende. Ich schlage vor, hinunterzugehen und einer Flasche Burgunder den Hals zu brechen. Du kannst mir dann die zwei Orsini vorführen, wenn sie noch im Salon sind.«

»Ist recht«, antwortete ich, »ich bin fest entschlossen, sie den ganzen Tag über nicht aus den Augen zu verlieren. Betrachte sie wenigstens nicht auffällig; es wäre mir unlieb, wenn sie bemerken würden, dass sie bewacht werden.«

»Verlass dich drauf«, sagte Dick, »ich will so unschuldig und harmlos dreinschauen wie ein Lamm!«

Wir betraten den Salon. Ziemlich viele Passagiere waren an dem großen Tisch in der Mitte versammelt; einige mühten sich mit widerspenstigen Riemen an Reisetaschen ab, andere verzehrten ihren Lunch, wieder andere waren mit Lesen beschäftigt oder vergnügten sich auf eine andere Weise. Die zwei Männer, die wir suchten, waren nicht darunter. Wir verließen den Salon und spähten verstohlen in jede Kabine; auch hier war keine Spur von ihnen zu entdecken. »Himmel«, dachte ich, »vielleicht sind sie eben in diesem Augenblick drunten, gerade unter uns, im Maschinenraum oder im Kohlenbunker damit beschäftigt, ihren teuflischen Plan zu verwirklichen!« – Es war besser, das Schlimmste zu erfahren, als noch länger in dieser Ungewissheit zu verharren.

»Steward«, sagte Dick, »sind irgendwo noch andere Herren?«

»'s sind zwei im Rauchsalon, Sir«, antwortete der Steward.

Der Rauchsalon war ein kleiner, behaglich ausgestatteter Raum, der sich neben der Pantry befand. Wir traten ein. Ein Seufzer der Erleichterung entrang sich meiner Brust. Zu allererst fiel mein Blick auf das leichenhafte Gesicht Flannigans mit seinem zusammengekniffenen Mund und seinen kalten Augen. Ihm gegenüber saß sein Genosse. Beide tranken eben Whisky, und ein Spiel Karten war über den Tisch zerstreut. Sie waren im Begriff zu spielen, als wir eintraten. Ich stieß Dick in die Seite, zum Zeichen, dass wir gefunden, was wir gesucht, und wir setzten uns so unbefangen wie möglich in ihre Nähe. Die zwei Verschwörer nahmen, wie es schien, wenig Notiz von unserer Gegenwart. Ich beobachtete sie aufmerksam. Sie spielten »Napoleon«. Beide waren ausgezeichnete Spieler. Sie nötigten mir die größte Bewunderung ab, wie sie ihre Nerven beherrschten, diese zwei Burschen, die ihre ganze Aufmerksamkeit dermaßen auf das Spiel konzentrieren konnten, während sie ein solches Geheimnis im Innern bargen. Rasch rollte das Geld von einem zum andern; aber der Kleinere schien trotzdem entschieden Pech zu haben. Zum Schluss warf er seine Karten fluchend auf den Tisch und weigerte sich, weiterzuspielen.

»Nein, der Henker hol mich, wenn ich weiterspiele«, rief er aus. »Ich habe allerhöchstens im Ganzen zwei Trümpfe gehabt.«

»Macht nichts«, antwortete sein Kamerad, als er den Gewinn einstrich, »ein paar Dollar mehr oder weniger werden nach dem Ergebnis unseres Spieles von heute Nacht nichts ausmachen.«

Ich war erstaunt über die Keckheit des Gauners, aber ich nahm mich zusammen, richtete meine Augen zerstreut zur Decke und trank meinen Wein mit einer so unbefangenen Miene, als mir möglich war. Ich fühlte, dass Flannigan mich mit seinen Wolfsaugen fixierte, um zu sehen, ob ich die Anspielung bemerkt hatte. Er flüsterte seinem Genossen einige Worte zu, die ich nicht verstehen konnte. Es war offenbar eine Mahnung zur Vorsicht, denn der andere antwortete ärgerlich: »Unsinn! Warum sollte ich nicht sagen dürfen, was mir gefällt. Zu große Vorsicht kann unserem Plan höchstens verderblich werden.«

»Ich meinte, du wolltest, dass es nicht herauskommt«, erwiderte Flannigan.

»Du brauchst gar nicht zu meinen«, rief der andere rasch mit lauter Stimme. »Du weißt so genau wie ich, dass ich den Einsatz gerne gewinne, wenn ich darum spiele. Aber ich will nicht, dass du meine Worte kritisierst, und ziehe nicht gern den Kürzeren, vor dir so wenig als vor einem anderen; ich habe ebenso viel Interesse am Erfolg wie du, noch mehr, wie ich hoffe.«

Er hatte sich ganz in Rage geredet und paffte für einige Minuten wütend an seiner Zigarre. Die Augen des anderen Gauners wanderten währenddessen nacheinander von Dick Merton zu mir. Ich wusste, dass ich einem verzweifelten Gesellen gegenübersaß, der mir einen Dolch ins Herz gestoßen haben würde, hätte ich auch nur mit den Wimpern gezuckt; aber es gelang mir doch, mehr Selbstbeherrschung an den Tag zu legen, als ich mir unter so peinlichen Umständen selbst zugetraut hätte. Dick Merton verhielt sich so unbeweglich und unbefangen wie eine ägyptische Sphinx.

Für einige Zeit herrschte Stille im Rauchsalon, unterbrochen nur vom Geräusch der Karten, als sie Muller zusammenwarf, um sie in die Tasche zu stecken. Er schien noch ein wenig gereizt und aufgeregt. Er warf den Zigarrenstummel in den Spucknapf, sah seinen Gefährten ironisch an und wandte sich mit den Worten an mich:

»Können Sie mir sagen, Sir, wann man an Land wieder von diesem Schiff hören wird?«

Beide blickten auf mich; aber mag meine Gesichtsfarbe auch um einen Ton blasser geworden sein, meine Stimme war so fest wie gewöhnlich, als ich antwortete:

»Ich nehme an, Sir, dass man von ihm hören wird, sobald es in Queenstown landet.«

»Haha«, lachte das kleine Scheusal, »ich wusste, dass Sie diese Antwort geben würden. Flannigan, hau mich nicht unter den Tisch; ich würde mir's nicht gefallen lassen. Ich weiß genau, was ich tue. – Sie irren sich, Sir«, fuhr er fort, zu mir gewandt, »Sie irren sich gewaltig.«

»Irgendein Schiff, dem wir vielleicht begegnen – –«, warf Dick ein.

»Nein, auch das nicht.«

»Das Wetter ist ja gut«, sagte ich, »warum sollte man von uns nicht am Bestimmungsort hören?«

»Ich sagte ja nicht, dass man am Bestimmungsort nichts von uns hören würde. Ohne Zweifel wird dies im Verlauf der Zeit der Fall sein; aber dort wird man nicht zuerst von uns hören.«

»Wo dann?«, fragte Dick.

»Das werden Sie nicht erfahren. Möge Ihnen die Mitteilung genügen, dass ein geheimnisvoller Eilbote berichten wird, wo wir uns etwa befinden, und zwar, bevor der heutige Tag zu Ende gegangen sein wird. Hahaha!« – und er schüttelte sich wiederum vor Lachen.

»Komm hinauf«, grollte sein Kamerad, »du hast zu viel von dem verfluchten Whisky getrunken. Er hat dir die Zunge gelöst. Komm mit!« Er nahm ihn am Arm und führte den Widerstrebenden aus dem Rauchsalon hinaus; wir hörten sie zusammen die Treppe hinaufstolpern, bis ihre Schritte oben verhallten.

»Nun, was hältst du jetzt von der Sache?«, fragte ich Dick. Er war so gleichmütig denn je.

»Was ich davon halte?«, meinte er. »Ich denke, was sein Gefährte denkt, nämlich dass der Kerl betrunken ist und wir dem Gefasel eines Betrunkenen zugehört haben. Der Kerl roch ja förmlich nach Whisky.«

»Unsinn, Dick! Du sahst ja, wie der andere sich Mühe gab, ihn zum Schweigen zu bringen.«

»Natürlich tat er das. Er wollte nicht, dass sein Freund sich vor Fremden blamiert. Möglicherweise ist der Fremde ein Irrsinniger und der andere sein Wärter. Das ist ja ganz gut möglich.«

»Oh Dick, Dick«, rief ich aus, »wie kannst du nur so blind sein? Siehst du denn nicht, dass jedes Wort unseren Verdacht bestätigt hat?«

»Humbug, mein Lieber«, sagte Dick, »du arbeitest dich förmlich in eine nervöse Aufgeregtheit hinein. Na, was machst du denn zum Teufel aus all dem geplapperten Unsinn über einen ›geheimnisvollen Eilboten‹, der melden sollte, wo wir uns etwa befänden?«

»Ich will dir sagen, was er meinte, Dick«, erwiderte ich und beugte mich zu ihm vor, während ich seinen Arm umklammerte. »Er meinte
ein plötzliches Aufleuchten und einen Licht-
schein weit draußen auf dem Meer, den ein ein-
samer Fischer an der amerikanischen Küste bemerken würde. Das war's, was er meinte.«

»Ich dachte nicht, dass du ein solcher Narr
wärest, Hammond«, sagte Dick Merton mür-
risch. »Wenn du dem Geschwätz eines jeden Betrunkenen eine buchstäbliche Bedeutung unter-
legen willst, so wirst du zu manchen verkehrten
Schlüssen gelangen. Wir wollen ihrem Beispiel
folgen und uns an Deck begeben. Ich glaube, du
brauchst frische Luft. Glaube mir, deine Leber
ist nicht ganz in Ordnung. Diese Seereise wird
dir ungeheuer guttun.«

»Wenn ich je das Ende dieser Reise erlebe«,
brummte ich, »will ich ein Gelübde tun, keine
zweite zu unternehmen. Man deckt jetzt eben
den Tisch, es lohnt sich kaum, hinaufzugehen.
Ich bleibe hier und rauche meine Zigarre zu
Ende.«

»Ich hoffe, du bist beim Essen in besserer
Stimmung.« Mit diesen Worten entfernte sich

Dick aus dem Rauchsalon und überließ mich meinen Gedanken, bis uns der Klang des großen Gongs zum Salon rief.

Mein Appetit war, ich brauche es wohl kaum zu sagen, durch die Ereignisse dieses Tages nicht gerade angeregt worden. Ich ließ mich indes mechanisch an der Tafel nieder und horchte auf das Gespräch, das in meiner Umgebung im Gange war. Es befanden sich an die hundert Passagiere erster Klasse an Bord, und als der Wein zirkulierte, vereinigten sich ihre Stimmen mit dem Geklapper der Gabeln und Teller zu einem großen Getöse. Ich saß zwischen einer sehr kräftig gebauten, nervösen alten Dame und einem schmucken kleinen Geistlichen; und da ich von beiden nicht angeredet wurde, verhielt ich mich still und brachte meine Zeit damit zu, meine Mitreisenden zu beobachten. Ich konnte bemerken, wie Dick seine Aufmerksamkeit zwischen einem Huhn vor ihm und einer selbstbewussten jungen Dame neben ihm teilte. Kapitän Dowie machte die Honneurs an dem mir näher liegenden Ende der Tafel, während am anderen Ende der Schiffsarzt präsidierte. Zu meiner Freude bemerkte ich Flannigan auf der anderen Seite der

Tafel, und ganz in meiner Nähe. Solange ich ihn hier unter meinen Augen hatte, wusste ich, dass wir wenigstens für den Moment in Sicherheit waren. Er saß da mit einem Lächeln auf seinem grimmigen Gesicht, das man hätte für angenehm und weltmännisch halten können. Es entging mir nicht, dass er viel Wein trank, so viel, dass seine Stimme entschieden heiser geworden war, noch bevor der Nachtisch aufgetragen wurde. Sein Freund Muller saß einige Plätze weiter von ihm entfernt. Er aß wenig und schien mit seinen Gedanken beschäftigt zu sein.

»Nunmehr, meine Damen«, sagte unser liebenswürdiger Kapitän, »hoffe ich, dass Sie sich an Bord meines Schiffes wie zu Hause fühlen werden. Für die Herren hege ich in dieser Hinsicht gar keine Befürchtungen. Steward, Champagner! – Ich trinke auf eine gute Brise und eine schnelle Überfahrt! Ich hoffe, Ihre Freunde in Amerika werden in dreizehn oder allerhöchstens vierzehn Tagen erfahren, dass wir gesund und wohlbehalten drüben angekommen sind.«

Ich sah auf. So blitzartig auch der Blick gewesen, den Flannigan und sein Verbündeter gewechselt hatten, ich konnte ihn doch auffangen.

Es war ein Lächeln von übler Bedeutung auf den dünnen Lippen des ersteren.

Die Konversation ging munter vonstatten. Politik, Seereisen, Vergnügungen, Religion, alle diese Stoffe waren nacheinander Gegenstand der Unterhaltung. Ich verhielt mich schweigsam, wenn ich auch mit Interesse zuhörte. Es kam mir der Gedanke, dass es nichts schaden könnte, wenn ich den Stoff, der fortwährend meine Gedanken beschäftigte, in die Unterhaltung einführen würde. Man könnte in ganz offenherziger Weise darüber reden, und es hätte zum wenigsten den Erfolg, dass die Gedanken des Kapitäns in diese Richtung gelenkt würden. Ich konnte gleichzeitig beobachten, welche Wirkung das auf die Mienen der Verschwörer hätte.

Die Unterhaltung ließ auf einmal nach. Die üblichen Stoffe schienen erschöpft. Diese Gelegenheit war der Ausführung meiner Absicht günstig.

»Darf ich fragen, Herr Kapitän«, sagte ich mit sehr deutlicher Aussprache, indem ich mich vorbeugte, »was Sie von den Kundgebungen der Fenier halten?«

Aus ehrlicher Entrüstung wurde das gesunde Gesicht des Kapitäns um einen Ton dunkler.

»Armselige Feigheiten sind's!«, rief er aus. »Ebenso albern wie verabscheuungswürdig!«

»Ohnmächtige Drohungen einer Rotte von namenlosen Spitzbuben!«, sagte ein würdig aussehender alter Herr neben ihm.

»Oh, Herr Kapitän«, sagte die dicke Dame an meiner Seite, »glauben Sie, dass es möglich wäre, dass sie ein Schiff in die Luft sprengten?«

»Ich zweifle nicht daran, dass sie es täten, wenn sie es könnten. Aber das weiß ich sicher, dass ihnen dies mit dem meinigen nie gelingen wird.«

»Darf ich fragen, welche Vorsichtsmaßregeln gegen die Spitzbuben in Anwendung sind?«, fragte ein älterer Herr unten am Tisch.

»Alle Güter, die an Bord kommen, werden vorher genau untersucht«, antwortete Kapitän Dowie.

»Aber angenommen, ein Mann bringe Explosivstoffe mit sich an Bord?«, fragte ich.

»Die Kerls sind zu feige, als dass sie ihr eigenes Leben aufs Spiel setzen würden.«

Während dieser Unterhaltung zeigte Flannigan

nicht das geringste Interesse an dem Thema. Jetzt erhob er sein Haupt und sah den Kapitän scharf an. »Glauben Sie nicht, dass Sie die Leute ein wenig unterschätzen?«, fragte er. »Jede geheime Gesellschaft hat verzweifelte Burschen zur Verfügung gehabt, warum sollten die Fenier nicht auch welche zu den ihren zählen? Es gibt Leute, die es für einen Vorzug betrachten, im Dienst einer Sache zu sterben, die in ihren Augen eine gute ist, mögen sie andere Leute auch für eine schlechte Sache ansehen.«

»Mord kann in niemandes Augen eine gute Sache sein!«, sagte der kleine Geistliche.

»Die Beschießung von Paris war nichts anderes«, erwiderte Flannigan, »und doch war die gesamte zivilisierte Welt darin einig, den müßigen Zuschauer zu spielen und das unbequeme Wort Mord mit dem weniger übelklingenden Namen Krieg zu vertauschen. Dieses schien für die Deutschen zum wenigsten ganz in der Ordnung, warum sollte Dynamit dies nicht für die Fenier auch sein?«

»Jedenfalls haben ihre Drohungen bis jetzt zu keinem Ergebnis geführt«, bemerkte der Kapitän.

»Entschuldigen Sie«, erwiderte Flannigan, »aber lässt das Schicksal der ›Dotterel‹ nicht einigen Argwohn für berechtigt erscheinen? Ich habe Leute in Amerika gesprochen, die aus persönlicher Erfahrung wissen wollten, dass ein Torpedo im Kohlenbunker dieses Schiffes versteckt war.«

»Dann logen diese Leute«, sagte der Kapitän. »Es wurde vor Gericht der endgültige Beweis erbracht, dass die Katastrophe durch eine Explosion von Kohlengasen herbeigeführt wurde. Aber wäre es nicht besser, das Thema zu verlassen? Die Damen könnten sonst eine schlaflose Nacht bekommen.«

Die Konversation lenkte in ihre ursprünglichen Bahnen zurück.

Während dieser kleinen Diskussion hatte Flannigan seinen Standpunkt mit weltmännischer Sicherheit und einer ruhigen Bescheidenheit, die ich ihm nicht zugetraut hätte, klargelegt. Ich musste den Mann wieder bewundern, der am Rand eines verzweifelten Verbrechens stand und sich mit so harmloser Liebenswürdigkeit in ein Gespräch einließ, das ihn doch so nahe berührte. Er hatte sich, wie ich schon erwähnte, eine ganz bedeutende Portion Wein zu Gemüte geführt; aber obgleich seine bleichen Wangen ein wenig gerötet waren, blieb sein Benehmen doch so zurückhaltend wie je. Er mischte sich nicht mehr in die Unterhaltung, sondern schien in seine eigenen Gedanken vertieft zu sein.

In meinem Kopf jagten sich eine Menge sich widersprechender Gedanken. Was sollte ich tun? Sollte ich jetzt aufstehen und den Burschen in Gegenwart der Passagiere und des Kapitäns meine Anklage ins Gesicht schleudern? Sollte ich den Kapitän um eine kurze Unterredung unter vier Augen in seiner eigenen Kajüte bitten und ihm alles enthüllen? Für einen Augenblick war ich halb entschlossen, dies zu tun, aber dann kam meine alte scheue Natur mit verdoppelter Kraft wieder zum Vorschein. Schließlich könnte alles doch auf einem Irrtum beruhen. Dick hatte meine Beweisgründe gehört und sich doch geweigert, daran zu glauben. Ich beschloss, den Dingen ihren Lauf zu lassen. Ein eigentümliches unruhiges Gefühl überkam mich. Warum sollte ich Menschen helfen, die für die ihnen drohende Gefahr blind waren, blind sein wollten? Sicherlich war es am Kapitän, uns zu beschützen, nicht an uns, ihn zu warnen. Ich trank einige Gläser Wein und schlenderte an Deck, mit dem Entschluss, mein Geheimnis bei mir zu behalten.

Es war ein prächtiger Abend. Sogar in meiner aufgeregten Gemütsverfassung lehnte ich mich an die Reling und erfreute mich an der erfrischenden Brise. Gegen Westen hin sah ich ein einsames Segel wie einen dunklen Fleck sich am Horizont abheben, der durch die letzten Strahlen der untergehenden Sonne wie in Flammen stand. Ich schauderte, als ich hinsah. Es kam mir vor wie ein Meer von Blut. Ein einzelner Stern flimmerte schwach über unserem Hauptmast, aber in den Wellen schien er sich tausendfach zu spiegeln. Der einzige Fleck in dem herrlichen Bild war der große Schweif von Rauch aus unseren Schloten, der hinter uns sich ausbreitete und sich ausnahm wie ein Riss in einem dunkelroten Vorhang. Es schien mir schwer verständlich, wie der ruhige Friede, der über der ganzen Natur lag, durch einen armseligen Sterblichen gestört werden könnte.

»Schließlich«, dachte ich, als ich in die blaue Tiefe unter mir starrte, »wenn das Schlimmste kommen soll, ist es noch besser, hier zu sterben, als sich noch lange unter Schmerzen in einem Krankenbett an Land zu krümmen. Des Menschen Leben scheint ein armselig Ding im Vergleich zu den großen Kräften der Natur.« Indes, all meine Philosophie konnte mich nicht vor einem Schauer bewahren, als ich mich umwandte und auf der anderen Seite des Verdecks zwei Umrisse gewahrte, die ich ohne große Schwierigkeiten wiedererkannte. Sie schienen in ernster Unterhaltung begriffen zu sein, aber es war mir nicht möglich, zu hören, was sie verhandelten; so begnügte ich mich damit, auf und ab zu gehen und ihre Bewegungen aufmerksam zu beobachten.

Eine Erleichterung war es mir, als Dick an Deck kam. Selbst ein ungläubiger Eingeweihter ist besser als gar nichts.

»Na, alter Junge«, sagte er heiter und gab mir einen Stoß zwischen die Rippen, »bis jetzt sind wir noch nicht in die Luft gegangen.«

»Nein, bis jetzt nicht«, antwortete ich, »aber das ist kein Beweis, dass wir es nicht noch tun werden.«

»Unsinn, Mensch!«, sagte Dick, »ich kann gar nicht begreifen, wie du auf diesen absurden

Gedanken verfallen bist. Ich habe mit dem einen unserer mutmaßlichen Mörder gesprochen; das scheint mir ein ganz netter Bursche zu sein, ein richtiger Sportsmann nach der Art, wie er sich ausdrückt.«

»Dick«, sagte ich, »ich bin so überzeugt, dass diese zwei Menschen eine Höllenmaschine besitzen und wir mit einem Fuß schon im Grab stehen, als wenn ich sähe, dass sie ein brennendes Streichholz an die Zündschnur hielten.«

»Gut, wenn dies wirklich deine Überzeugung ist«, sagte Dick, ein wenig stutzig im Augenblick über den Ernst in meiner Stimme, »dann ist es deine Pflicht, den Kapitän deinen Verdacht wissen zu lassen.«

»Du hast recht«, antwortete ich, »ich will es tun. Meine lächerliche Schüchternheit hat mich bisher davon abgehalten. Ich glaube, dass unser Leben nur gerettet werden kann, wenn wir ihm die ganze Angelegenheit vorlegen.«

»Gut, geh nun und tu es«, erwiderte Dick, »aber ich bitte dich um Himmels willen, lass mich aus dem Spiel.«

»Ich will mit ihm reden, sobald er von der Kommandobrücke herunterkommt«, war meine

Antwort; »bis dahin lasse ich sie keinesfalls aus den Augen.«

»Lass mich vom Ergebnis wissen«, sagte mein Freund; er nickte mit dem Kopf und bummelte fort, vermutlich, um seine Tischnachbarin aufzusuchen.

Als ich allein war, fiel mir mein Zufluchtsort von heute Morgen ein; ich kletterte in das Boot und legte mich darin nieder. Hier konnte ich meinen ganzen Schlachtplan überlegen, und wenn ich den Kopf in die Höhe hob, konnte ich jederzeit meine unangenehmen Nachbarn sehen.

Eine Stunde verfloss, und der Kapitän stand noch auf der Brücke. Er war mit einem Passagier, einem pensionierten Seeoffizier, in ein Gespräch über irgendeinen subtilen Gegenstand der Nautik vertieft. Von meinem Platz aus konnte ich ihre brennenden Zigarren, zwei glühende Punkte, wohl bemerken. Es war jetzt dunkel, so dunkel, dass ich kaum noch die Gestalten Flannigans und seines Gefährten unterscheiden konnte. Sie standen immer noch an demselben Punkt, an den sie sich nach dem Essen begeben hatten. Die meisten Passagiere waren hinuntergegangen; nur vereinzelte hielten sich noch auf dem Verdeck auf. Eine eigentümliche Stille lastete über dem Schiff. Die Rufe der Wachen und das Stampfen der Maschinen waren die einzigen Laute, die das Schweigen unterbrachen.

Eine weitere halbe Stunde verstrich. Der Kapitän stand immer noch auf der Kommandobrücke. Es schien mir, als wollte er für ewig droben bleiben. Meine Nerven waren in einem unnatürlich angespannten Zustand, sodass ich aufgeregt auffuhr, als ich das Geräusch von Schritten auf dem Verdeck hörte. Ich spähte über den Rand des Bootes und sah, dass unsere verdächtigen Passagiere von der anderen Seite herübergekommen waren und jetzt beinahe direkt unter mir standen. Ein Lichtstrahl vom Kompasshaus fiel auf das geisterhafte Gesicht des Gauners Flannigan. Der kurze Schein gestattete mir, mich zu überzeugen, dass Muller seinen Mantel trug, dessen Zweck ich so genau kannte; er hatte ihn lose über seinen Arm geschlagen. Ich sank ächzend zurück. Ich war der festen Überzeugung, dass jetzt zweihundert Menschenleben meinem verhängnisvollen Zaudern zum Opfer fallen würden.

Ich hatte gelesen, welch schreckliche Rache

einen Spion erwartete. Ich wusste, dass Männer, die bereit waren, ihr Leben freiwillig aufs Spiel zu setzen, keine Hindernisse kannten. Alles, was ich tun konnte, war, ruhig im Boot liegen zu bleiben und ihre geflüsterte Unterhaltung zu belauschen.

»Dieser Platz ist recht«, hörte ich eine Stimme sagen.

»Ja, diese Seite ist die beste.«

»Ich bin gespannt, ob der Drücker funktionieren wird.«

»Ich bin überzeugt, dass er es tut.«

»Wir haben ausgemacht, es um zehn Uhr loszulassen, nicht wahr?«

»Jawohl, Punkt zehn Uhr. Wir haben noch acht Minuten Zeit.«

Dann kam eine Pause.

Hierauf begann die Stimme wieder:

»Man wird den Drücker herunterklappen hören, meinst du nicht?«

»Macht nichts. Wenn es auch irgendeiner hören sollte, so wird es doch zu spät sein, als dass noch jemand dazwischentreten könnte.«

»Das ist richtig. Die drüben auf dem Festland werden sich nicht wenig aufregen.«

»Allerdings! Wie lange, glaubst du, dass es braucht, bis sie von uns hören?«

»Die erste Nachricht wird in ungefähr vierundzwanzig Stunden einlaufen.«

»Das wird meine sein.«

»Nein, meine!«

»Haha! Das wird sich schon entscheiden!«

Wiederum eine Pause.

Dann hörte ich Mullers Stimme in geisterhaftem Geflüster: »Es sind nur noch fünf Minuten.«

Wie langsam mir die Zeit zu verstreichen schien! Ich hörte deutlich das laute Pochen meines Herzens.

»Das wird an Land Aufsehen erregen«, hörte ich eine Stimme.

»Ja, es wird in den Zeitungen nicht wenig Staub aufwirbeln.«

Ich erhob mein Haupt und spähte über den Rand des Bootes. Ich konnte keine Hoffnung, keine Hilfe finden. Der Tod starrte mir ins Gesicht, ob ich jetzt noch Alarm schlug oder nicht. Endlich hatte der Kapitän die Kommandobrücke verlassen. Das Verdeck war leer, abgesehen von diesen zwei schwarzen Gestalten, die im Schatten des Bootes kauerten.

Flannigan hatte seine Uhr geöffnet auf der Hand liegen.

»Noch drei Minuten«, sagte er. »Leg es nieder aufs Verdeck.«

»Nein, ich stelle es lieber hier auf die Reling.«

Es war das kleine, viereckige Kästchen. Ich konnte nach dem Geräusch urteilen, dass sie es ganz in meine Nähe, fast unmittelbar unter meinen Kopf, gestellt hatten.

Ich blickte wieder hinunter. Flannigan nahm etwas aus einem Papier, das er in der Hand hielt. Es waren weißliche Körner, von denselben, die er heute Morgen benutzt hatte. Es waren zweifellos Zünder, denn er warf einige davon in das Kästchen; ich hörte wieder jenes eigentümliche Geräusch, das am Morgen meine Aufmerksamkeit auf sich gezogen hatte.

»Noch anderthalb Minuten«, sagte er. »Soll ich die Schnur ziehen oder willst du es tun?«

»Ich will es tun«, sagte Muller.

Er kniete nieder und hielt das Ende in der Hand. Flannigan stand hinter ihm mit verschränkten Armen und einer grimmigen, entschlossenen Miene.

Ich konnte es nicht länger aushalten. Mein

Nervensystem schien im nächsten Augenblick zusammenbrechen zu wollen.

»Halt!«, brüllte ich und sprang auf. »Halt, ihr verfluchten, ihr schändlichen Mordbuben!«

Beide taumelten zurück. Ich glaube, sie hielten mich für einen Geist, als eben das Mondlicht über mein bleiches Gesicht fiel.

Jetzt hatte ich Mut. Ich war zu weit gegangen, als dass ich noch hätte zurückkönnen.

»Kain wurde verdammt«, schrie ich, »und er tötete nur einen; wollt ihr den Tod von zweihundert Menschen auf dem Gewissen haben?«

»Der Kerl ist verrückt«, sagte Flannigan. »Fertig, los, Muller!«

Ich sprang auf das Verdeck hinab.

»Ihr dürft es nicht tun!«, rief ich.

»Was berechtigt Sie, uns daran zu hindern?«

»Jedes Recht, menschliches wie göttliches!«

»Geht uns nichts an. Packen Sie sich.«

»Niemals!«, rief ich.

»Zum Henker mit dem Burschen! Es ist zu viel auf dem Spiel, als dass wir noch lange Umstände machen könnten. Ich will ihn halten, Muller, während du die Geschichte loslässt.«

Im nächsten Augenblick war ich von den

Armen des herkulischen Iren umfasst. Widerstand war nutzlos, ich war hilflos wie ein Kind in seiner Gewalt.

Er schleppte mich auf die Seite und hielt mich hier fest.

»Jetzt rasch!«, sagte er. »Er kann uns nicht mehr hindern!«

Ich fühlte, dass mein letztes Stündchen geschlagen hatte. Halb erdrückt von den Armen des riesenhaften Gauners, sah ich den andern, wie er dem verhängnisvollen Kästchen näherkam. Er beugte sich darüber und fasste die Schnur. Ich stieß ein Gebet hervor, als ich sah, wie er sie anzog. Es erfolgte ein scharfes Schnappen, ein eigentümliches Kratzen. Der Drücker war in das Kästchen geschnappt, eine Seite des Kästchens flog auf und heraus – flatterten zwei graue Brieftauben!

*

Ich brauche nicht mehr viel zu berichten. Es ist kein Stoff, über den ich mich noch länger aufhalten möchte. Diese ganze Geschichte ist zu lächerlich und zu toll. Das Beste, was ich tun kann, ist vielleicht noch, mit Würde vom Schauplatz abzutreten und dem Sportkorrespondenten des »New York Herald« das Wort zu überlassen. Hier ist ein Ausschnitt aus einer Nummer dieses Blattes, die kurz nach unserer Abfahrt von Amerika erschien.

»Außergewöhnlicher Brieftaubenflug. Ein neuer Match ist neuerdings zum Austrag gebracht worden zwischen den Tauben des Mr John H. Flannigan von Boston und Jeremiah Muller, einem sehr bekannten Sportsfreund aus Ashport. Beide hatten viel Zeit und Mühe auf eine hervorragende Brut verwendet; die Herausforderung zum Match war schon lange erfolgt. Es wurden hohe Beträge auf die Tauben gesetzt, weshalb der Austrag in weiten Kreisen großes Interesse in Anspruch nimmt. Der Start geschah an Bord des Überseedampfers ›Sparta‹, um zehn Uhr abends am Tag der Abfahrt des Schiffes, als dasselbe nach den angestellten Berechnungen etwa hundert Meilen vom Land entfernt war. Die Taube, die als erste zurückkehren würde, sollte als Siegerin betrachtet werden. Es mussten umfassende Vorsichtsmaßregeln getroffen werden, wie wir erfahren, da die englischen Kapitäne ein Vorurteil gegen die Benutzung ihrer Schiffe zu Sportzwecken hegen. Mullers Taube kam im Zustand äußerster Erschöpfung am folgenden Nachmittag in Ashport an, während man über die Flannigans bis jetzt nichts in Erfahrung bringen konnte. Diejenigen, die auf diese Taube gesetzt haben, können indes voll und ganz überzeugt sein, dass die ganze Angelegenheit sich in vollster Ordnung abgewickelt hat: Die Tiere waren in einer sinnreichen neuerfundenen Falle verpackt, die eine etwaige Beschädigung ihrer Schwingen vollständig unmöglich machte; eine Öffnung in dem Apparat gestattete ihre Fütterung; schließlich konnten beide Tauben nur gleichzeitig losgelassen werden.

Mehr solcher Wettflüge würden viel dazu beitragen, dem Brieftaubensport in Amerika zu dem ihm gebührenden Ansehen zu verhelfen, und eine angenehme Abwechslung in die krankhaften Ausartungen menschlicher Betätigung bringen, die in den letzten Jahren auf so erschreckliche Abwege geraten ist.«